Die magische Feder – Band 3

Für Kim Skodowski, Sandra D. & Irmgard

Anna Matheis

Die magische Feder

Band 3

Das Geheimnis der schwarzen Rose

Bibliografische Information der Deutschen Nationalbibliothek:
Die Deutsche Nationalbibliothek verzeichnet diese Publikation in der Deutschen Nationalbibliografie; detaillierte bibliografische Daten sind im Internet über dnb.d-nb.de abrufbar.

TWENTYSIX – der Self-Publishing-Verlag
Eine Kooperation zwischen der Verlagsgruppe Random House und BoD – Books on Demand
© 2020 Anna Matheis
Grafik: Christos Georghiou/ Viacheslav_Shv/ Winds/ Sophy Ru/ Good Job/ Shutterstock.com

Coverdesign, Satz, Herstellung und Verlag:
BoD – Books on Demand, Norderstedt
ISBN 978-3-7407-5421-1

Bisher hatte ich die zwei Welten strikt voneinander getrennt: den Wald, der voller Magie steckte, und den Rest, mein Zuhause, in dem Normalität herrschte.«

(Zitat der bayerischen jungen Hexe Helena, aus: »Die magische Feder – Band 2, Die Reise zum ewigen Moor« von Anna Matheis)

Liebe Leserin, lieber Leser,
ich stelle diesem 3. Band über die Abenteuer der jungen Hexe Helena ein Interview voran. Wie ihr aus den ersten beiden Bänden wisst, stecken hinter einigen Figuren meiner Bücher reale Personen meiner unmittelbaren Umgebung, die auch die Namen ihrer Vorbilder tragen. Eine dieser Figuren ist Andi – im wahren Leben mein jüngerer Bruder. Im Buch verkörpert er den bayerischen Journalisten Andreas M. vom »Söcheringer Tagblatt«. Ihm habe ich, bevor ich den 3. Band zu schreiben begann, ein paar Fragen gestellt:

Lieber Andi, wie gefällt dir deine Rolle in meinem Roman?
»Ich finde die Rolle interessant. Der Beruf des Journalisten ist spannend. Reporter dürfen sozusagen von Berufs wegen neugierig sein, Nachforschungen anstellen, um ihre Leser über neue und wichtige Ereignisse zu informieren.«

Wie war es für dich, deinen Namen im 2. Band zu lesen, mit dem Wissen, dass du gemeint bist?
»Ich finde es cool, dass ich da verewigt wurde – wie auch andere dir nahestehende Menschen. So im 1. Teil der ›Magischen Feder‹ zum Beispiel dein Freund Alfio und im 1. und 2. Band deine beste Freundin Irmgard.«

Wie, glaubst du, wird sich Andreas M. verhalten? Am Ende von Band 2 haben wir erfahren, dass er im Besitz eines aktuellen Fotos von Helena ist. Das Foto wurde mittels einer Drohne aufgenommen, als Helena und der Vampir Silas für wenige Sekunden am Gipfelkreuz des Herzogstandes (einem Berg in den Bayerischen Voralpen) *sichtbar* waren. Bis jetzt wurde das Beweisfoto nicht veröffentlicht und es ist wichtig, dass es auch so bleibt, denn für die Bewohner ihres Dorfes und die gesamte Menschenwelt, ausgenommen ihre Familie, gilt Helena als verschollen. Unvorstellbar, was es für ein Chaos auslösen würde, wenn alle Helenas wahre Geschichte kennen würden ... Glaubst du, Andreas M. veröffentlicht das Bild?

»Ich denke nicht, dass er das Foto veröffentlichen wird. Helena und ihre magischen Freunde können das bestimmt verhindern. Trotzdem glaube ich, dass er in diesem Buch viel erleben wird.«

Was wünschst du dir für »deine Rolle«?

»Ich hoffe, dass Andreas M. als Reporter des ›Söcheringer Tagblatts‹ auf der Suche nach der Wahrheit nicht allzu viel Schaden anrichten wird.«

Und zur letzten Frage: Was sind deine Vermutungen für den 3. Band? Was wird passieren?

»Ich könnte mir vorstellen, dass alle Hindernisse beseitigt werden, damit Helena ihre Leben zwischen beiden Welten vereinbaren kann und keine schlimmen Sachen mehr passieren. Die Buchreihe wird bestimmt mit einem Happy End abgerundet. Helena wird mit Lorenzo zusammenleben, aber ... (Andi überlegt) *... aber vielleicht baust du auch was Spannendes ein? Vielleicht stirbt einer von beiden?«* (»Was?!«, frage ich entsetzt und wir beide müssen lachen. ☺)

Danke, Andi, dass du dir die Zeit genommen hast, meine Fragen zu beantworten. Mal sehen, was sich von deinen Vermutungen bewahrheitet und was ganz anders geschehen wird. Und nun übergebe ich das Wort an Helena, die Protagonistin meiner Buchreihe »Die magische Feder« ...

Zauberhafte Lesestunden wünscht euch eure
Anna Matheis

PS: Ich habe noch eine bayerische Kurzgeschichte am Ende des Buches angehängt, die ihr gern durchlesen könnt. In »Out of Bavaria« geht es um einen Familienurlaub von Helena, den sie erlebt hat in dem Jahr, bevor sie das Praktikum in Italien begann und es sie in die magische Welt verschlug.

Vorwort der Hauptfigur

Liebe Leserin, lieber Leser,

♥-lich willkommen zurück in meiner magischen Welt. Es freut mich riesig, dass ihr mich auch auf meinem neuen (und leider letzten) Abenteuer begleiten werdet, um das Geheimnis der schwarzen Rose zu lüften.

Anna Matheis, die Autorin dieser Buchreihe, hat auch in dem neuen Band wieder reale Schauplätze aus meiner Heimat miteingebaut. Beispielsweise spielt das Backhaus Tichelkamp, dessen Hauptbetriebssitz in Obersöchering liegt, eine Rolle. Danke bereits an dieser Stelle an das Team des Backhauses (besonders an Rochus Tichelkamp jun.), dass eure traditionsreiche Bäckerei in die Handlung eingeflochten werden durfte. Seid gespannt, was dort in meinem Auftrag hergestellt wird. ☺

Des Weiteren wird …

Oh, verzeiht, Lorenzo ruft nach mir. Ich muss weg. Also – Popcorn bereit? Kopfkino an! Es geht los …

Verhexten Spaß wünscht euch eure
Helena!

1. Kapitel

PENG!
Nein, dieses Mal stammte das Geräusch nicht von einem Silvestergeschoss. In der Vergangenheit gab es diesbezüglich ein paar unschöne Zwischenfälle, die regelmäßig zu Streitigkeiten zwischen meinem Vater und Opa geführt haben. Alles fing an, als mein Opa auf dem örtlichen Schützenfest als Siegerprämie Tauben gewann. Mit viel Herzblut baute er danach einen Taubenschlag mit liebevoll verspielten Details auf sein Scheunendach. Die Tiere zeigten jedoch nicht die geringste Wertschätzung dafür. Die meiste Zeit verbrachten sie nämlich in der Dachnische unseres benachbarten Hauses. Zum Ärger beider Parteien. Zum ersten Mal eskalierte die Situation, als dem Papa eines Morgens eine Taube direkt auf den Kopf schiss. Seine Wut kannte keine Grenzen und er warf einen Feuerwerkskörper zu dem Taubenschlupfloch empor. Leider hielt der Schreck, den er ihnen damit einjagte, nicht lange an. Nur wenige Zeit später siedelten sie sich erneut bei uns an. Eines Tages, als meine Familie von einem Ausflug zurückkehrte, entdeckte mein Vater bereits vom Auto aus die Tauben wieder in unserer Dachnische. Fuchsteufelswild parkte er das Auto rasch in der Garage, und noch bevor die anderen ausstiegen, warf der selbsternannte Pyrotechniker erneut einen Silvesterböller krachend in die Höhe. Zeitgleich überquerte Aleksandra, die polnische Pflegekraft eines Nachbarn, den Hof mit einem Schubkarren voller Holz und einer Zigarette in der Hand. Sie war wohl in Gedanken versunken und erschrak über den Krach dermaßen, dass sie in Ohnmacht fiel. Das blieb

auch für mich nicht ohne Folgen. Blöderweise hatte ich nämlich nur die Hälfte von dem Vorfall mitbekommen. Als meine Eltern heimkamen, wartete ich gerade in unserem Haus auf sie. Alles, was ich zu hören meinte, war ein Schuss. Als ich nach draußen lief, um mich zu vergewissern, sah ich Aleksandra regungslos auf dem Boden liegen. Ich schätzte das sich mir bietende Szenario völlig falsch ein. Ich dachte, sie wäre tot – umgebracht worden. Mir fiel ein, was wir in der Schule gelernt hatten: dass nach dem Herztod die Nervenzellen eines Menschen noch drei Minuten weiterleben. Also stürmte ich zu ihr, und als ich gerade einen lebensrettenden Zauber sprechen wollte, schlug Aleksandra die Augen auf und sah mich an. Ein lebender Mensch hatte mich gesehen! Das hätte nie passieren dürfen. Die Misere klärte sich auf, und um den Vorfall ungeschehen zu machen, hexte ich vor lauter Schreck die menschliche Zeitzone um fünf Minuten zurück. Abgesehen davon, dass es verboten ist, außerhalb des magischen Waldes Hexerei anzuwenden, war es ein sehr mächtiger Zauber. Ein mächtiger Zauber, der gefährliche Folgen nach sich zog. Das *Gleichgewicht* der Erde geriet nämlich ins Wanken. Rubina, von der ich nicht herausfinden konnte, welche gewaltige Kraft sie verkörpert, ist für den Erhalt des Gleichgewichts verantwortlich. Wenn es sie nicht mehr gibt, werden die Schranken zwischen den Menschen und den Übernatürlichen fallen. Was das genau bedeutet, haben wir – den Hexen sei Dank – nicht herausfinden müssen, denn allem Anschein nach hat sich glücklicherweise das Gleichgewicht zwischen den beiden Welten dann doch wieder von selbst eingependelt ...

Kommen wir zurück zu dem Knall. Dieses Mal war meine Mama die Übeltäterin. Ihr war ein Blech voller ofenfrischer Plätzchen aus der Hand gefallen. Scheppernd krachte es auf den Fußboden.

»Das darf doch nicht wahr sein!«, schimpfte sie, während ein fröhliches Weihnachtslied aus den Lautsprechern des Radios tönte. Den Schuldigen suchend blickte sie in meine Richtung.

»Menschenskinder! Helena! Wie oft soll ich dir noch sagen, dass du deinen Besuch ankündigen und nicht urplötzlich in unserer Küche sitzen sollst? Ich habe dir schon tausendmal gesagt, dass du mich damit irgendwann zu Tode erschreckst. Lass dir diesbezüglich endlich etwas einfallen! Wie lange bist du schon eine Hexe? Da sollte ...«

»Entschuldigung, dass ich dich überraschen wollte. Schließlich war ich schon eine Weile nicht mehr da. Ich dachte, du freust dich«, konterte ich schmollend. Tatsächlich war ich schon mehrere Wochen nicht mehr in meinem Dorf gewesen, um meine Familie zu besuchen, denn Lorenzo und ich hatten es endlich geschafft, unsere lange geplante Reise nachzuholen. Ich habe ihm die schönsten Orte der von Menschen gestalteten Welt gezeigt. Da der Wald von einem magischen Band eingezäunt wird, mussten wir ihn nicht wirklich verlassen, sondern sind mittels des Visionszaubers, eine Art bewusst erlebter Traum, ausgereist. Der Zauber funktioniert jeweils für kurze Zeitspannen, weshalb immer nur Raum für Stippvisiten blieb. Täglich haben wir die verschiedensten Plätze der Erde besucht und erkundet. Und jetzt hatte ich einfach ein bisschen Sehnsucht nach meinen Verwandten. Das Wiedersehen hatte ich mir allerdings emotionaler vorgestellt ...

»Warum backst du überhaupt in aller Herrgottsfrühe Plätzchen?«, fragte ich, um von mir abzulenken. Sie bückte sich und schob das zerbröckelte Gebäck zu einem Haufen zusammen.

»Das kannst du deinen Bruder fragen.«

»Felix? Wieso?«, erkundigte ich mich und stand auf, um meiner Mama einen Eimer für die Abfälle zu bringen. Sie schaufelte mit den Händen alles zusammen und leerte den Krümelberg dorthinein.

»Bevor er heute zum Bus gegangen ist, um in die Schule zu fahren, ist ihm eingefallen, dass er seit zwei Wochen vergessen hat, mir etwas auszurichten: nämlich dass er seiner Klasse versprochen hat, Plätzchen für die Adventsfeier mitzubringen. Dreimal darfst du raten, wann die Feier stattfindet.«

»Heute?«, fragte ich vorsichtig.

»Richtig! Und zwar bereits in der zweiten Stunde. Ich weiß wirklich nicht, wie ich das nach diesem Malheur noch schaffen soll«, grollte sie und ich bemerkte die aufflammende Hektik in ihrer Stimme. Backen war noch nie ihre Leidenschaft gewesen, weshalb sie es bei sämtlichen Feierlichkeiten nur allzu gern immer der Oma überlassen hatte. Diese hatte sich gerade zur Weihnachtszeit stets völlig verausgabt und jedes Jahr wieder selbst übertroffen. Ich erinnere mich, dass sie einmal vierundfünfzig verschiedene Plätzchensorten backte. Manchmal musste sie sogar Tabletten für ihre Knie einnehmen, da diese von dem vielen Stehen abends schmerzten. Jedoch nahm die Oma die Mühen gern in Kauf. Wenn sie noch leben würde, hätte Felix schachtelweise Plätzchen in die Schule mitnehmen können, aber seit ihrem Tod sah der Vorrat eher mager aus. Sah man von ein paar obligatorischen, simplen und halb verkokelten Butterplätzchen ab, herrschte in den dafür vorgesehenen Dosen und Büchsen nun gähnende Leere.

»Weißt du was? Ich habe eine Idee! Warte hier«, sagte ich

und hexte mich einen Wimpernschlag später zurück in den Wald. Dort zauberte ich eine riesige Box, gefüllt mit weihnachtlichem Gebäck. Anschließend reiste ich mittels des Visionszaubers wieder zurück in die heimelige Küche. Als die Mama mein Mitbringsel bemerkte, fiel sie mir vor Erleichterung um den Hals.

»Oh, danke! Manchmal ist es eben auch gut, dass wir eine Hexe in der Familie haben.«

Ich rollte mit den Augen und schob sie von mir weg.

»Aha, dafür bin ich jetzt wieder gut genug«, mahnte ich gespielt tadelnd und lächelte sie an. Jedoch verbarg sich hinter meinem Lächeln plötzlich ein altbekanntes, lang verborgenes Gefühl. Heimweh. Langsam und schleichend kroch es aus dem gut gehüteten, versteckten Winkel meines Herzens hervor.

»Ich muss wieder zurück«, erklärte ich hastig, bemühte mich neutral zu klingen und die Tränen, die sich bereits ihren Weg bahnten, zu unterdrücken. »Richte Felix und den anderen liebe Grüße aus. Ich komme bald wieder.«

»Das mache ich gern. Sie freuen sich sicher alle, wenn sie dich bald wiedersehen«, erwiderte meine Mama freudig. Glücklicherweise war sie zu sehr mit dem Begutachten der reichlich bestückten Box beschäftigt, als dass sie meinen Stimmungswechsel bemerkte. Ich schloss meine Lider, um den Spruch in meinem Kopf zu sprechen, der mich zurück in den Wald brachte. In diesem Moment fiel es mir besonders schwer, mich von meinem einstigen Zuhause zu lösen. Was ich an diesem Tag nicht ahnen konnte, war, dass ich diesbezüglich schon bald eine schwerwiegende Entscheidung treffen musste …

2. Kapitel

Irgendetwas stimmte hier nicht. Irgendetwas war hier ganz und gar nicht geheuer. Es braute sich etwas zusammen. Das spürte ich. Seit dem letzten Besuch in meiner Heimat, der ein paar Tage zurücklag, überkam mich ständig ein mulmiges Gefühl, gefolgt von Schwindel. Oft verschwand es ebenso schnell, wie es gekommen war, und manchmal hielt es mehrere Minuten an. Ich hatte meinen magischen Freunden davon erzählt und sie vermuteten, dass mich die häufigen Reisen geschwächt haben könnten. Möglicherweise war das Pendeln zwischen den Welten wirklich zu viel für mich?

Ein zaghaftes Klopfen an der Tür riss mich aus meinen Gedanken.
»Ja?«
»Darf ich reinkommen?«, fragte Cleopha, meine persönliche sprechende Feder.
Erschöpft richtete ich mich auf meinem Bett auf.
»Natürlich. Du bist jederzeit willkommen.«
Knarrend wurde die Tür einen Spaltbreit aufgeschoben und Cleopha schwebte hindurch. Sie ließ die schwere Holztür wieder hinter sich ins Schloss fallen und warf mir einen besorgten Blick zu.
»Geht es dir wieder besser?«
»Ja, ich bin nur noch nicht richtig ausgeschlafen«, antwortete ich gähnend. Gestern Abend hatte ich mich bei der Präsentation einer neuen Züchtung des Feengartens zurückgezogen, lange bevor die Ersten aufbrachen, weil mich erneut dieses seltsame Gefühl erfasst hatte. Doch

nun? Nun fühlte ich mich nur noch nicht richtig ausgeschlafen, was aber höchstwahrscheinlich der frühen Uhrzeit zuzuschreiben war, denn Lorenzo und ich wollten in den ersten Morgenstunden zu einem Empfang in die Fledermausgrotte aufbrechen.

»Das ist wirklich merkwürdig«, meinte Cleopha und zog grübelnd die Brauen zusammen.

»Warum?«, hakte ich nach. »Du bist doch bestimmt gekommen, um mich zu wecken, oder?«

»Eigentlich wollte dich Lorenzo heute Morgen aufwecken, aber es ist ihm nicht gelungen. Du hast tief und fest geschlafen. Er ist dann ohne dich zu eurem Termin aufgebrochen und hat mich gebeten, nach dir zu sehen.«

Erstaunt blickte ich Cleopha an.

»Was sagst du? Moment mal. Wie spät ist es denn?«

»Es ist bereits Nachmittag«, informierte mich die Feder. Sie flog quer durch den Raum und zog schwerfällig die samtigen weinroten Vorhänge auf. Augenblicklich fiel Licht in den Raum. Ich spähte aus dem Fenster und sah, dass die Sonne bereits hoch am Himmel stand. Tatsächlich. Die frühen Morgenstunden, in denen ich sonst schon hellwach war, waren längst vorüber. Wie konnte das passieren? Ich hatte über fünfzehn Stunden geschlafen. Dreimal so lange wie sonst. Und ich war immer noch müde. Als ich noch ein Mensch war und länger geschlafen habe als gewöhnlich, hat sich meist Fieber oder eine andere Krankheit angebahnt, aber als Hexe kann man doch gar nicht krank werden – oder?

»Ich bin wirklich erschrocken, dass es schon so spät ist, und auch darüber, dass es Lorenzo nicht vermocht hat, mich zu wecken. Hast du eine Idee, was dahinterstecken könnte?«

Nachdenklich schüttelte Cleopha den Kopf, während sie vom Fenster in die Richtung meiner Bettkante schwebte.

»Nein, leider nicht, und das beunruhigt mich. Was ich mir aber durchaus vorstellen kann, ist, dass es einen Zusammenhang zu deinem gestrigen Befinden und dem der letzten Tage gibt. Und eines weiß ich gewiss: Du bist die mächtigste Hexe im ganzen Wald, und deshalb sind deine Müdigkeit und dein Unwohlsein nicht normal. Wir sollten schleunigst herausfinden, was mit dir los ist.«

Ich nickte zustimmend und schälte mich aus der Bettdecke. Auf leicht wackeligen Beinen ging ich zu meinem Kleiderschrank und kramte eine Hose und ein T-Shirt heraus. Nachdem ich mich angezogen hatte, wandte ich mich grübelnd an Cleopha.

»Wer könnte wissen, weshalb ich mich so schwach fühle? Meinst du, ich sollte die Trolle um Rat fragen?«

Die Trolle waren seit jeher bekannt für ihre unvergleichlichen Heilkräfte. Viele ihrer Art leben tief im Wald, um dort eigene Kräuter anzubauen und geheime Tinkturen zu mixen. Sie haben sich eine Art Lager errichtet, das die anderen Übernatürlichen aufsuchen können, wenn sie die Hilfe der Trolle benötigen.

»Ich würde dir zunächst davon abraten, die Trolle aufzusuchen«, meinte Cleopha. »Ich halte viel von diesen außergewöhnlichen Wesen und ihren außerordentlichen Kräften«, führte sie aus, »aber du stammst von der Gründerblutlinie der primum maleficis ab. Die Anzahl der Wesen deiner Art kann man buchstäblich an beiden Händen abzählen. Was ich damit sagen will, ist, dass eine Hexe, wie du es bist, noch niemals bei den Trollen war. Die Fähigkeiten der Trolle haben auch Grenzen und an diese würden sie bei dir stoßen. Ich würde vorschlagen, zunächst deinesgleichen zu befragen.«

Meinesgleichen zu befragen war ein guter Rat. Das Problem lag nur darin, dass sich die meisten meiner Art im unendlichen Grab befanden und ich sie quasi erst aufwecken musste, um mit ihnen in Kontakt treten zu können. Obwohl … Ein ehemaliges Mitglied der primum maleficis, meines Hexenzirkels, war in greifbarer Nähe. Silas. Silas, der Vampir, der einst ebenfalls Anteile der Gründerblutlinie der primum maleficis in sich trug, bis ich sie ihm vor Kurzem in einem Tausch genommen hatte.

»Oje, was ist das für ein Blick?«, wollte Cleopha wissen und schwebte, Unheilvolles ahnend, auf meine Schulter. »Du denkst jetzt aber nicht an den, der mir auch im ersten Moment eingefallen ist, oder?«

»Doch, ich glaube schon«, gestand ich schief lächelnd. »Bevor ich das unendliche Grab aufsuche, muss ich Silas um seinen Rat in dieser Situation bitten. Vielleicht handelt es sich lediglich um eine Lappalie und dann habe ich die anderen Mitglieder der primum maleficis umsonst in ihrer ewigen Ruhe gestört. Ob wir es uns eingestehen wollen oder nicht, Silas verfügt über jahrhundertelang angesammeltes Wissen. Er hat gewiss eine Erklärung für mein Befinden.«

Ganz wohl fühlte ich mich mit dieser Entscheidung nicht, denn obwohl zwischen Lorenzo und Silas Waffelstillstand herrschte, sah mein übernatürlicher Gefährte es gewiss nicht gern, wenn ich wieder in Kontakt zum einstigen ärgsten Feind trat.

Cleopha bemerkte meine Anspannung und redete beruhigend auf mich ein.

»Machst du dir Gedanken wegen Lorenzo? Ich bin sicher, deine diesbezüglichen Bedenken sind in der jetzigen Lage unbegründet. Er wird es verstehen, denn dein Wohlergehen ist ihm ein Herzensanliegen.«

»Danke für deinen Zuspruch. Abgesehen davon kann

Silas mir wahrscheinlich wirklich helfen. Ja, warum bin ich darauf nicht früher gekommen? Erinnerst du dich noch an seine besondere Gabe?«

Cleopha nickte eifrig und riss hoffnungsvoll ihre winzigen Äuglein auf.

»Natürlich! Wieso ist uns das nicht schon vor ein paar Tagen eingefallen? Silas kann mit seinem Blut jedes seelische Leid und alle physischen Beschwerden heilen.«

Bestimmt auch meine, fügte ich in Gedanken hinzu …

3. Kapitel

Als es bereits dämmerte und Lorenzo immer noch nicht zurückgekehrt war, entschieden wir uns, ihn zu kontaktieren. Ich bat meine Feder um ihre Dienste, denn ich wollte ihm eine Nachricht übermitteln. Wenige Augenblicke später hielt ich das altertümliche Buch mit den leeren Seiten in den Händen, das uns zur Nachrichtenübermittlung diente. Ich schlug es in der Mitte auf und diktierte Cleopha meine Nachricht.

Hallo, Lorenzo,
ich bin erst heute Nachmittag aufgewacht. Verzeih, dass ich dich nicht zur Fledermausgrotte begleiten konnte. Bist du bereits auf dem Rückweg?

Es dauerte nicht lange und der vertraute feine, glitzernde Luftschleier stieg aus dem Buch, und Buchstaben begannen auf magische Weise über der Seite zu tanzen. Cleopha reihte sich unter sie ein. Ein weiteres Mal wurden die Buchstaben durcheinandergewirbelt, ehe sie in ihr verschwanden und sie zu schreiben anfing.

Liebste Helena,
du brauchst dich dafür keineswegs zu entschuldigen. Leider werde ich erst kurz nach Mitternacht wieder im Schloss sein. Wie geht es dir?

Ich: *Mir geht es gut, ich fühle mich nur noch etwas schlapp.*
Lorenzo: *Das ist wirklich beunruhigend. Wir müssen unbedingt die Ursache dafür herausfinden.*
Ich: *Cleopha und ich hätten da bereits einen Vorschlag, aber von diesem würde ich dir heute Nacht lieber persönlich berichten.*

Lorenzo antwortete, dass ich nicht zögern und es ihm

sofort schreiben sollte, damit wir nicht möglicherweise wertvolle Zeit vergeudeten.

»Was rätst du mir? Soll ich es Lorenzo wirklich auf diesem Weg mitteilen?«, fragte ich Cleopha, da mir etwas mulmig zumute war.

Diese ermunterte mich, Lorenzo sofort einzuweihen.

»Anschließend suchen wir Silas persönlich auf seiner Burg auf«, fuhr sie fort, »und die beiden laufen sich gar nicht erst über den Weg.«

Nervös tigerte ich im Raum umher, nachdem wir die brisante Nachricht an Lorenzo geschickt hatten. Die Zeit schien zwanzig Mal länger als gewöhnlich zu verrinnen, bis seine Antwort kam.

Lorenzo: *Helena, deine vollständige Genesung hat im Moment Vorrang. Natürlich wäre es mir lieber, Silas ein für alle Mal aus unser aller Leben verbannt zu wissen, aber das ist es nicht, was im Augenblick zählt. Obwohl ich Silas nach wie vor keinen Drachenfuß weit über den Weg traue, ist es zumindest einen Versuch wert, ihn um Rat zu bitten, bevor du die anderen Mitglieder des Hexenzirkels in ihrem Grab anrufst. Meine Bedenken liegen nicht darin, dass sie zornig werden könnten, sondern ich fürchte vielmehr, dass deine Kräfte für ihre Erweckung enorm beansprucht werden. Solange wir nicht wissen, was dir fehlt, solltest du mit ihnen tunlichst haushalten.*

Ich war erleichtert über Lorenzos Reaktion und wandte mich an Cleopha.

»Zum Glück teilt er unsere Meinung. Einen Streit mit ihm hätte ich jetzt wirklich nicht auch noch gebrauchen können.«

Cleopha und ich machten uns nun wie abgemacht guten Gewissens auf den Weg zu Silas. Runa, die mächtige

Schneeeule, die seit jeher als Fuhrwerk des Königshauses diente, flog uns zu seinem düsteren Anwesen. In der aufkommenden Dämmerung wirkte es noch gruseliger, als es ohnehin schon bei Tageslicht war.

»Sollen wir klopfen oder gibt es irgendwo eine Klingel?«, fragte Cleopha und schwebte suchend vor der schweren Eisentür umher.

»Er hört uns auch so, liebe Cleopha«, erwiderte ich schmunzelnd und rief mit fester Stimme Silas' Namen. Die nächsten Sekunden vergingen, ohne dass sich etwas regte.

»Hm«, sagte ich und kniff grübelnd die Brauen zusammen.

»Vielleicht ist er im Augenblick nicht hier und anderswo beschäftigt.«

»Wenn meine einzige Freundin mich mit ihrem Besuch beehrt, lasse ich für sie selbstverständlich alles stehen und liegen.«

Erschrocken wirbelte ich herum und sah in die leuchtenden smaragdgrünen Augen von Silas. Sein Anblick ließ mein Herz vor Aufregung einen Takt schneller schlagen.

»Hallo, Silas«, brachte ich mühsam hervor. Obwohl ich in der Vergangenheit eine Menge Zeit mit ihm verbracht hatte, brachte seine gewaltige Erscheinung mich jedes Mal aufs Neue aus dem Konzept. »Lange nicht gesehen ...«

Er machte den Mund auf, um etwas zu erwidern, doch im nächsten Moment verwandelte sich seine erfreute und verwunderte Miene und zeigte aufrichtige Besorgnis.

»Was ist mit dir?«, fragte er und betrachtete mich eingehend. »Du bist blass, wie nur ein Vampir es sein kann, und du wirkst völlig erschöpft.«

»Deshalb sind wir hier. Ich wollte dich fragen, ob du ... ob du mir helfen kannst.«

»Mit meiner Gabe?«

Ich nickte und sein undurchdringlicher Blick ruhte auf mir. Mittlerweile konnte ich behaupten, Silas zu kennen, und obwohl das so war, verhielt es sich, seit ich ihm das erste Mal begegnet war, so, dass keine seiner Reaktionen vorhersehbar war. So auch in diesem Moment. Ich hoffte inständig, dass er bereit war, mir das zu geben, was ich brauchte, jedoch konnte ich im Vorfeld nicht meine Hand dafür ins Feuer legen, dass er auch tatsächlich so handelte, wie ich es mir wünschte. Er war einfach unberechenbar. Sowohl im positiven als auch im negativen Sinne.

»Natürlich werde ich dir mein Blut geben«, antwortete er schließlich. Erleichtert fiel mir ein Stein, nein, ein ganzes Felsgebirge vom Herzen.

»Danke.«

»Kommt, gehen wir rein«, meinte er, ging zur Tür und hielt sie einladend auf. Ich folgte ihm, und als ich an der Schwelle bemerkte, dass Cleopha sich nicht vom Fleck gerührt hatte, wandte ich mich zu ihr um.

»Cleopha, kommst du nicht mit?«

Sie schüttelte den Kopf und ihr Flaum flatterte zart unter der sanften Brise, die durch den Wald zog.

»Ich würde lieber hier auf dich warten«, erwiderte Cleopha und ich verstand ihre Beweggründe, ohne dass sie weitersprach. Sie war unschlüssig, ob sie Silas vertrauen konnte, deshalb wollte sie mich sicherheitshalber nicht begleiten. Sollte ich mich ungewöhnlich lange in der Burg aufhalten, war Cleopha draußen in Freiheit und nicht mit mir *eingesperrt* und konnte im Notfall Lorenzo und Mila verständigen.

4. Kapitel

Silas führte mich in ein imposantes Zimmer. Mit seinen Kronleuchtern, den Spiegeln und Vergoldungen erinnerte es mich an Räumlichkeiten, die ich in Schlössern unseres bayerischen Königs Ludwig II. gesehen hatte. Silas bot mir einen Stuhl an, dessen großzügige Sitzfläche mit blauem Samt überzogen war. Er selbst lehnte sich an einen nahe gelegenen Tisch.

»Wie möchtest du es lieber? Soll ich dir mein Blut in ein Gefäß abfüllen oder willst du es direkt aus meinem Handgelenk trinken?«

Angewidert verzog ich den Mund. Beide Möglichkeiten flößten mir Schauder ein. Bis zu diesem Zeitpunkt hatte ich mir keinerlei Gedanken darüber gemacht, wie ich mir das Blut einverleiben könnte, sondern vielmehr zunächst nur darüber nachgegrübelt, wie ich Lorenzos und Silas' Zustimmung erlangen könnte.

»Wie hast du dir das vorgestellt? Irgendwie muss es schließlich in deinen Kreislauf gelangen. Also?«, spottete Silas belustigt.

»Ich weiß es auch nicht«, erwiderte ich unschlüssig.

»Vielleicht lieber in einem Gefäß abgefüllt?«

Ehe ich es mich versah, hielt er mir einen halben Herzschlag später ein volles Glas mit Blut entgegen. Diese vampirische Schnelligkeit war für menschliche beziehungsweise Hexenaugen einfach in keiner Weise nachvollziehbar.

»Hier, bitte.«

Ich nahm das Gefäß mit der tiefdunkelroten, beinahe schwarz wirkenden Flüssigkeit entgegen, und obwohl ich mir die größte Mühe gab, konnte ich ein Würgen nicht unterdrücken. Oje, wie sollte ich mir das nur jemals zuführen?

»Muss … muss ich das *ganze* Glas austrinken?«

Lachend nahm sich Silas nun ebenfalls einen Stuhl und setzte sich neben mich.

»Ja, für eine vollständige Heilung ist das unumgänglich.«

Ich schluckte. Okay, Helena, dachte ich mir, reiß dich zusammen. Du willst schließlich, dass es dir wieder besser geht. Ich holte tief Luft und führte das Glas, unter Beobachtung von Silas, an den Mund. Ein beißender Eisengeruch stieg in meine Nase. Das war so eklig!

»Denk an Traubensaft«, flüsterte Silas und ich tat es. Feiner Rauch stieg aus dem Gefäß und bahnte sich den Weg direkt in meine Nase. Unwillkürlich schloss ich die Augen und leerte das Glas. Schluck für Schluck. Tatsächlich war der Duft des Blutes verflogen und der Geschmack süßlich. Wie purer Traubensaft.

»Ich werde nie wieder Traubensaft trinken können, ohne dabei an dein Blut zu denken«, sagte ich lächelnd.

Ich öffnete die Augen und stand auf. Als ich mit beiden Füßen den Boden berührte, überkam mich mit einem Mal ein heftiges Schwindelgefühl. Taumelnd hielt ich mich an der Lehne des Stuhls fest. Meine Lider wurden schwer und im nächsten Moment sackte ich zusammen. Das Letzte, was ich sah, war die verschwommene Gestalt von Silas.

»Helena?«

Entfernt hörte ich, wie jemand mehrmals nach mir rief. Ich glaubte die Stimme Silas zuordnen zu können. Sosehr ich mich auch anstrengte, hatte ich jedoch keine Kraft, um zu reagieren, und fiel erneut in einen traumlosen Schlaf.

Vierundzwanzig Stunden später

»Ich glaube, sie kommt langsam zu sich.«

Diese Stimme gehörte Mila. Meine Lider flatterten. Licht blendete mich. Ich blinzelte. Langsam gewöhnten sich meine Augen an die Umgebung. Ich war in meinem Zimmer, im Schloss, lag im Bett und blickte in bekannte Gesichter und Augen, die mich besorgt inspizierten. Lorenzo, Mila, Cleopha und Silas umringten mein Bett. Die Lage musste dramatisch sein, wenn es Silas sogar gestattet war, sich *im* Schloss aufzuhalten.

»Helena, endlich, wie fühlst du dich?«, fragte Lorenzo. Er setzte sich auf die Bettkannte und umschloss meine Hand mit seiner. Ich versuchte mich aufzurichten, fiel jedoch sofort wieder erschöpft zurück in das große weiche Kissen.

»Ich fühle mich, als wäre eine Horde Trolle über mich hinweggetrampelt«, gestand ich müde und bemühte mich um ein schiefes Lächeln. Danach richtete ich meinen Blick auf Silas.

»Was ist schiefgegangen? Ich habe dein Blut getrunken.«

»Es gibt nur eine einzige Erklärung. Die Symptome, die du zeigst, sind weder auf seelisches noch auf körperliches Leid zurückzuführen. Als ich dich in deinem Zustand vor der Burg gesehen habe, hatte ich schon eine Vermutung, die sich nun bestätigt hat.«

»Was meinst du?«, wollte ich wissen und merkte, wie sich mir die Nackenhaare aufstellten.

»Es bedeutet, dass großes Unheil auf uns alle zukommen wird«, erklärte er finster und erntete fragende Blicke.

»Du bist mit dem Gleichgewicht, das zwischen der übernatürlichen Welt und der Menschenwelt herrscht, verbunden, weil du an dem Ort warst, an dem es zusammengehalten wird, und mit Rubina Kontakt hattest. Somit bist du auch eine der Ersten, die es spürt, wenn Gefahr droht und die Waage des Gleichgewichts gewaltig ins Schwanken gerät.«

Wie vom Donner gerührt sahen wir ihn alle an. Das durfte nicht wahr sein! Ich erinnerte mich an Rubinas Worte, bevor ich die Zwischenwelt am Walchensee verlassen hatte. *Für den Augenblick kannst du hier nichts tun, Helena. Zunächst werde ich versuchen, ohne dein Einwirken das Gleichgewicht wiederherzustellen. Sollte mir dies nicht gelingen, werde ich dich zu mir rufen.*

»Also hat sie es doch nicht allein geschafft«, sprach ich meine Gedanken laut aus. Schon dereinst hatte mich das Gefühl beschlichen, dass es nicht so einfach werden würde, die Schwankungen wieder auszugleichen, die durch unsere unüberlegten Zaubereien ausgelöst worden waren, jedoch verblasste diese Vermutung mit der Zeit. Mit jedem Tag, der verging und an dem ich nichts von Rubina hörte, war ich überzeugter, dass dieses Kapitel meines Lebens abgeschlossen war. Und nun? Nun kehrten das Bangen und der Schrecken von damals zurück.

»Ich glaube keineswegs, dass die Störung des Gleichgewichts noch von unseren Hexereien außerhalb des Waldes herrührt. Die Schwankungen können sich nach dieser langen, seitdem verstrichenen Zeit nicht urplötzlich wieder so drastisch verschlimmert haben«, erwiderte Silas nachdenklich.

»Du meinst also, dass jemand anders dafür verantwortlich ist?«, hakte Mila nach und Silas nickte bestätigend.

»Ja. Es muss einen akuten Auslöser für die Störung geben, und dieser sind definitiv nicht wir. Ich stufe die Lage als äußerst ernst ein.«

Gedanklich malte ich mir bereits die schlimmsten Szenarien aus. Doch bevor die Panik es schaffte, mich komplett zu ummanteln, wurde trotz meiner Schwäche mein Kampfgeist geweckt.

»Was können wir tun?«, fragte Lorenzo und sprach damit die Frage aus, die uns alle bewegte. Er stand auf und ging auf Silas zu. Die beiden einstigen Kontrahenten standen sich mit versteinerten Mienen gegenüber.

»Zunächst solltest du alle Waldbewohner warnen und zu höchster Alarmbereitschaft aufrufen. Denn niemand weiß, was genau geschehen wird, wenn im schlimmsten Fall Rubina zerstört wird und die Schranken zwischen der menschlichen und der übernatürlichen Welt fallen werden. Nachdem dieser Schritt deinerseits getan ist, gibt es mehrere Möglichkeiten. Entweder wir warten, bis Rubina Helena zu sich ruft, oder …«

Silas legte eine kurze Pause ein, ehe er weitersprach.

»… oder ich bringe sie dorthin. Ich kenne einen Weg. Zudem sollten wir, oder besser gesagt solltet *ihr*, gleichzeitig auf eigene Faust ermitteln, was der Auslöser für die Verwerfung war. Je schneller wir ihn ausfindig machen und beseitigen, umso besser.«

Als Silas das letzte Wort gesprochen hatte, bemerkte ich, wie alle anderen gleichzeitig Luft holten und zu einer Erwiderung ansetzten.

»Halt, wartet!«, hielt ich sie zurück und meine Gefährten schlossen wieder erwartungsvoll ihren Mund.

»Bevor wir uns über das große Ganze Gedanken machen,

müssen wir uns um diejenigen kümmern, die sich am allerwenigsten wehren können: die Menschen!«

Silas warf mir einen ernsten Blick zu.

»Helena, ich möchte nicht pessimistisch klingen, aber du kannst nicht die gesamte Menschheit bewahren vor etwas, dessen Ausmaß wir zu diesem Zeitpunkt gar nicht einschätzen können. Zudem warst du vierundzwanzig Stunden in einem todesähnlichen Schlaf versunken, was uns deutlich zeigt, dass wir schnellstmöglich handeln müssen! Uns bleibt definitiv keine Zeit für die Rettung von ungefähr acht Milliarden Menschen!«

»Ich sage es ungern, aber in diesem Punkt stimme ich Silas ausnahmsweise zu«, meinte Lorenzo und sah mich entschuldigend an.

Ich kniff fieberhaft grübelnd die Brauen zusammen.

»Okay. Ich sehe ein, dass wir auf die Schnelle nicht mir nichts, dir nichts acht Milliarden Menschen beschützen können, aber wenigstens die zweihundert aus meinem Dorf! Das müssen wir schaffen!«

5. Kapitel

Etwa zeitgleich in der Menschenwelt um kurz vor Mitternacht. Dunkle Gewitterwolken brauten sich über dem bayerischen Dorf Untersöchering zusammen. Genauer gesagt über dem Dach des Hauses, in dem sich das Büro von Andreas M. befand ...

Andreas M., dem Journalisten, wurde beinahe schwindelig vor Glückseligkeit. Der Artikel war fertig! Soeben hatte er die Buchstaben des letzten Wortes in die Tasten seines Computers getippt. Fortan, sobald er den Artikel abgeschickt hatte, würde sich sein Leben komplett verändern. Da war er sich sicher.
»Ich werde mich vor Ruhm und Anerkennung kaum mehr retten können. Dem Himmel sei Dank, dass ich die einmalige Gelegenheit bekommen habe, dem tristen Alltag zu entfliehen. Es wird nicht lange dauern und alle namhaften Zeitungen werden an meine Haustür klopfen, um mir Jobangebote zu unterbreiten«, flüsterte er aufgeregt seinem Kater Seppi zu. Der Kater miaute zustimmend und strich schwanzwedelnd um seine Beine. Andreas M. betrachtete wieder den Bildschirm und seine Miene verdüsterte sich.
»Das eintönige Leben als Provinzjournalist wird ein für alle Mal ein Ende haben«, setzte er sein Selbstgespräch fort. »Schon bald wird es mich berühmt machen, dass ich im Besitz eines unbearbeiteten Fotos von einem Übernatürlichen bin. Und die beinahe noch größere Sensation: Neben dieser Kreatur ist die angeblich verschollene Helena von Bayersberg zweifelsfrei zu identifizieren.«
In seinem aufflammenden Größenwahn malte sich Andreas M. aus, wie seine Zukunft aussehen würde. Als er gedanklich wieder

in die Realität zurückkehrte, beschloss er seinen Artikel noch ein letztes Mal durchzulesen. Andreas M. fokussierte sich konzentriert auf den Text auf dem Bildschirm. Jede Faser seines Körpers war angespannt, als er Zeile für Zeile noch einmal durchging …

Helena von Bayersberg
Das verschollene Mädchen, dessen Namen und Gesicht niemand vergessen hat – lebt

Bayern – Jeder kennt die Geschichte. Die Geschichte der damals siebzehnjährigen Helena, die von ihrem Praktikum in der »Vampirischen Region« nie wieder nach Hause zurückgekehrt ist. Nach monatelangen erfolglosen Suchaktionen nach der Verschwundenen haben alle beteiligten Helfer aufgegeben und die Akte »Helena« wurde beiseitegelegt. Doch jetzt, zwei Jahre später, gibt es phänomenale Neuigkeiten: Helena lebt. Sie lebt bei den Übernatürlichen! Ich habe den Beweis dafür. Sie ist in ihre Heimat zurückgekehrt und uns allen auf dem Gipfelkreuz des Herzogstands erschienen. Sie erinnern sich bestimmt an das umstrittene Spektakel. Das junge Mädchen war damals nicht allein, sondern befand sich in männlicher Begleitung. Mit hoher Wahrscheinlichkeit handelt es sich hierbei um einen Übernatürlichen aus der italienischen »Vampirischen Region«. Möglicherweise ist es ein Vampir. Das Menschenmädchen und der gefährliche Vampir – klingt nach einer Oberland-Twilight-Story! Oder ist Helena ernsthaft in Gefahr? Ist sie noch Herr ihrer selbst oder wird ihre hilflose Seele von diesen Monstern kontrolliert?

Ich bete, dass auf diese Fragen bald Antworten gefunden werden. Um den Wahrheitsgehalt meiner Worte zu untermauern, lade ich Sie hiermit am Montagabend zu einer Pressekonferenz ein. Um 19:00 Uhr im Gebäude vom »Söcheringer Tagblatt«.

Vor Ort zeige ich, Andreas M., Ihnen das wichtigste Indiz für die Wahrhaftigkeit meiner Behauptung am Anfang: meinen Beweis – ein Foto Helenas und ihres außerirdischen Begleiters.

Andreas M. atmete tief durch. Knapp drei Tage waren es noch bis zu der Pressekonferenz. Nervös lehnte er sich in seinem schwarzen Bürostuhl zurück. Auf dem Bildschirm öffnete sich ein Fenster, auf dem »Einfügen« stand. Andreas M. drückte zittrig den rechten Zeigefinger nach unten.
  Klick.
  Geschafft! Der Artikel war auf der Titelseite und am nächsten Morgen würden ihn alle lesen können. Die neue Ausgabe des »Söcheringer Tagblatts« würde in weniger als einer Stunde in den Druck gehen …

6. Kapitel

Zurück in der übernatürlichen Welt ...
Lorenzo schlug sich schließlich auf meine Seite. »Einverstanden. Wir werden versuchen, die rund zweihundert Dorfbewohner vor dem Bösen, das möglicherweise auf sie zukommt, abzuschirmen.«
Ich warf ihm einen dankbaren Blick zu. Wir vereinbarten, dass Mila stellvertretend für mich mit Lorenzo die Waldbewohner zusammentrommelte, um sie über die aktuellen Geschehnisse zu informieren und sie zur absoluten Vorsicht zu mahnen. Silas verabschiedete sich vorerst auch, behielt jedoch für sich, was er vorhatte.

Als Cleopha und ich wieder allein waren, gingen wir sämtliche Möglichkeiten durch, die sich uns boten, um den Schutz der Dorfbewohner zu gewährleisten. Leider liefen alle Überlegungen auf dasselbe hinaus: die Notwendigkeit eines Zaubers. Ich rieb mir konzentriert die Schläfen.
»Das darf doch nicht wahr sein. Es muss doch irgendetwas geben, das ohne eine Hexerei außerhalb des Waldes funktioniert!«
Tatsächlich fielen uns noch andere Optionen ohne den Einsatz von Magie ein, jedoch hatten auch diese einen gewaltigen Haken: Die Menschen müssten über mein neues Leben informiert werden.
»Das geht auf gar keinen Fall. Ich mag mir gar nicht ausmalen, welche Unruhen unter den Dorfbewohnern aufkommen könnten und wie sich diese auf das Gleichge-

wicht auswirken würden«, sagte ich. Entmutigt stand ich auf und ging zum Fenster. Draußen war es bereits dunkel und ein reich funkelnder Sternenhimmel ummantelte das übernatürliche Königreich. Im Gegensatz zur Menschenwelt kehrte mit der sich ausbreitenden Finsternis im Reich der Übernatürlichen keine Ruhe ein, sondern das Gegenteil war der Fall. Emsiges Treiben herrschte im Wald. Ein Großteil der hier beheimateten Wesen war nämlich nachtaktiv und der Tag fing für sie praktisch jetzt erst an. Von unserem Schlafzimmerfenster aus hatte man einen fantastischen Blick auf den bunt beleuchteten Feengarten. Selbst um diese Uhrzeit konnte man dort noch ein eifriges Gewusel beobachten.

»Der Feengarten …«, murmelte ich leise vor mich hin und betrachtete ihn nachdenklich. Cleopha flog an meine Seite und schnipste mit ihren winzigen Fingern.

»Das ist es!«, rief sie und riss aufgeregt ihre Äuglein auf. »Außerhalb des Waldes darfst du nicht hexen, aber hier drinnen schon! Warum sind wir denn nicht gleich drauf gekommen? Wir …«

»Langsam, Cleopha. Erzähl mir alles, was dir in den Sinn gekommen ist, in Ruhe und der Reihe nach«, unterbrach ich sie lachend, denn ich merkte, dass sie vor Aufregung kaum Luft holte.

»Also gut«, sagte sie und atmete tief durch. »Was brauchen die Menschen jeden Tag? Essen. Und genau über dieses Bedürfnis werden wir sie gegen das Böse stärken. Wir nehmen Zutaten aus dem Feengarten, die schützend sind, und verstärken deren Wirkung mit einem Zauber. Anschließend mischen wir sie in Lebensmittel, die deine ehemaligen Artgenossen gern zu sich nehmen. Was sagst du dazu?«

»Das ist gut! Richtig gut!«, erwiderte ich euphorisch.

»Jetzt müssen wir nur noch überlegen, in welches Essen wir unsere Mixtur mischen. Es muss etwas sein, von dem wir sicher sein können, dass es auch die große Mehrheit täglich isst.«

»Da bist jetzt du die Expertin«, meinte Cleopha lächelnd und deutete auf mich.

»Hm ... Lass mich mal überlegen. Es gibt in der Menschenwelt drei Hauptmahlzeiten. Morgens das Frühstück, mittags das Mittagessen und abends das Abendessen. Zwischendurch Kuchen oder andere Snacks. In Anbetracht der wenigen Zeit, die uns bleibt, würde ich sagen, wir geben alles Menschenmögliche, äh, Hexenmögliche, dass in wenigen Stunden direkt auf dem Frühstückstisch der Dorfbewohner etwas Leckeres landet, dem sie nicht widerstehen können. Vielleicht eine ...«

»... eine präparierte Breze«, ergänzte Mila. Erschrocken wirbelte ich herum. Unter prachtvollem Funkeln wurde die Gestalt meiner lieben Freundin, sitzend auf meiner Bettkante, sichtbar.

»Mila! Wo kommst du denn plötzlich her?«, fragte ich und hielt mir die Hand auf mein vor Aufregung pochendes Herz. Mila selbst wirkte nicht weniger erregt. Als ich sie genauer ansah, bemerkte ich ihre angsterfüllten Augen. Auch ihre Hände wirkten zittrig. Besorgt ging ich zu ihr und kniete mich vor das Bett, sodass ich mich auf ihrer Augenhöhe befand.

»Was ist passiert?«

»Es ist schlimmer, als ich dachte«, hauchte Mila tonlos.

»Was meinst du?«, fragte Cleopha und schwebte auf ihre Schulter.

»Die Lage, in der wir uns gerade befinden.«

Mila schluckte schwer und klärte uns über das, was sie in den letzten Minuten erlebt hatte, auf.

»Lorenzo und ich sind gemeinsam aufgebrochen. Als wir das Schloss verlassen wollten, geschah etwas richtig Grusliges. Ein gewaltiger Schwarm Raben flog uns in einer rasenden Geschwindigkeit entgegen. Ich duckte mich und schrie. Als der letzte Rabe über mich hinwegflog, wurde mir einen Herzschlag lang schwarz vor Augen. Als ich wieder zu mir kam, sah ich mich panisch nach Lorenzo um. Er ging jedoch unbeirrt weiter. So, als wäre nichts geschehen! Ich lief ihm nach und rief seinen Namen, aber er reagierte nicht. Selbst als ich an seinem Ärmel zupfte, schien er das nicht zu bemerken. Schließlich hielt ich inne und sah an mir hinab, aber da war nichts. Ich bin unsichtbar geworden. Sofort lief ich zurück zu euch, aber ich konnte mit meinen Händen die Tür nicht öffnen. Stattdessen …«, sie machte eine bedeutungsvolle Pause. »Stattdessen konnte ich geisterhaft durch die geschlossene Tür hindurchgehen.«

Fassungslos blickten Cleopha und ich unsere Freundin an. Wir mussten das Gehörte erst einmal verarbeiten. Ich versuchte schließlich, meine Gedanken zu sortieren.

»Das bedeutet, du bist schon die ganze Zeit hier bei uns im Raum und wir haben es nicht bemerkt?«

Sie nickte.

»Wie bist du wieder sichtbar geworden?«, wollte Cleopha wissen.

Mila zuckte mit den Schultern. »Ich weiß es nicht. Nachdem meine Worte bei euch kein Gehör fanden, habe ich mich schließlich auf die Bettkante gesetzt und versucht mich zu beruhigen, indem ich eurem Gespräch lauschte. Als ich die Idee mit der Breze ausgesprochen habe, wurde ich plötzlich wieder sichtbar.«

»Das alles ist wirklich äußerst beunruhigend.«

»Finde ich auch. Wenn wir bisher dachten, dass die Alarmstufe Orange gilt, müssen wir das nun korrigieren.

Wir sind bereits einen Schritt weiter. Bei Alarmstufe Rot. Wenn nicht bald etwas geschieht, können wir in das Geschehen gar nicht mehr eingreifen und die Ereignisse geraten außer Kontrolle«, entgegnete Cleopha aufgewühlt und wir stimmten ihr einvernehmlich zu.

Wenn sie nicht schon außer Kontrolle geraten sind, fügte ich in Gedanken hinzu ...

7. Kapitel

»Trotzdem dürfen wir jetzt nicht durchdrehen und die Nerven verlieren«, ermahnte uns Cleopha. »Sonst haben wir verloren, bevor wir überhaupt angefangen haben, etwas gegen das schwankende Gleichgewicht zu unternehmen.«

»Okay, was schlägst du vor?«, fragte Mila, die sich allmählich von ihrem Schock zu erholen schien.

»Wir machen schleunigst da weiter, wo wir aufgehört haben, und konzentrieren uns wieder auf die Menschen. Danach kümmern wir uns um alles Weitere. Mila, du hast eine präparierte Breze vorgeschlagen, mittels derer wir den Dorfbewohnern eine schützende Mixtur verabreichen könnten. Helena, essen die Menschen morgens gerne Brezen?«

»Ja, sehr gerne«, entgegnete ich und fügte hinzu, dass wir die Brezen idealerweise an einem Samstag an die Dorfbewohner verteilen sollten, da viele Leute am Wochenende mehr Zeit für ein ausgedehntes Frühstück hatten. Wozu eine Breze hervorragend passte.

»Sehr gut«, äußerte Cleopha befriedigt, die das Zepter in die Hand nahm.

»Jetzt müssen wir uns nur noch überlegen, wie die einzelnen Dorfbewohner das Gebäck erhalten sollen, denn leider können wir nicht an jede Haustür klopfen und die Brezen persönlich überreichen.«

»Ich glaube, ohne einen Verbündeten in der Menschenwelt ist die Umsetzung unseres Plans schier unmöglich«, gab ich zu bedenken. »Am besten wäre es auch, wenn wir einen Teil der Produktion direkt vor Ort durchführen würden. Ich könnte zwar mit dem Visionszauber das fertige Gebäck transportieren, aber ich bin mir nicht sicher, ob bei dessen Ankunft die Wirkung noch dieselbe wäre.«

»Und in diesem Fall sollten wir unser Glück auch nicht auf die Probe stellen«, bekräftigte Mila und erhob sich zaghaft von der Bettkante. »Ich denke, das Naheliegendste wäre, wenn wir im Feengarten die Zauberzutaten zusammenmischen. Mir würden auf Anhieb neben dem berühmten Knoblauch, der Vampire fernhält, auch noch einige Gewürze einfallen, die wir dafür verwenden können.«

Ich warf ihr einen dankbaren Blick zu.

»Ich werde anschließend mit einem Zauber die Wirkung verstärken und auch die Gerüche neutralisieren. Ich bin mir sicher, dass niemand eine Breze, die nach Knoblauch riecht, auch nur anfassen würde.«

Ich malte mir aus, wie meine Familienmitglieder die Nase rümpfen würden, wenn sie die Tüte mit dem Gebäck öffneten und den unerwartet scharfen aromatischen Geruch aufsogen. Unwillkürlich musste ich bei dem Gedanken lächeln. Nein, niemals würde einer von ihnen in die Breze hineinbeißen. So schnell konnte ich womöglich gar nicht schauen, wie das Gebäck auf dem Misthaufen landete.

»Also zusammengefasst: Die Zutaten ernten wir im Feengarten und das Gebäck selbst wird in Helenas Dorf hergestellt, richtig?«, wollte Cleopha wissen und wir nickten, obwohl wir wussten, dass Letzteres wahrscheinlich die größte Herausforderung werden würde.

»Gibt es vielleicht in eurem Ort oder in dessen Nähe eine Bäckerei?«, fragte Mila und ich bejahte es.

»In der Gemeinde Obersöchering gibt es eine Bäckerei.

Das ist circa einen Kilometer Luftlinie von Untersöchering, meinem Heimatdorf, entfernt. Die Bäckerei Tichelkamp.«

Als ich den Namen der Bäckerei aussprach, fiel mir mit einem Mal ein Gespräch mit meiner Mama vom vergangenen Sommer ein … Ich hatte mich damals bei ihr nach meinen beiden besten Freundinnen erkundigt.

»Weißt du, wie es ihnen geht? Was haben sie nach dem Schulabschluss gemacht? Wenn ich mich recht erinnere, wollte Valentina eine Ausbildung zur Erzieherin beginnen und Irmgard wollte Köchin werden.«

Seufzend setzte sich meine Mama mit einer Tasse Kaffee zu mir an den Tisch und stellte mir eine heiße Schokolade hin.

»Das war auch tatsächlich ihr Plan, aber dann kam dein Verschwinden dazwischen«, *begann sie, was mir augenblicklich einen Stich versetzte und mich schuldig fühlen ließ.*

»Sowohl Valentina als auch Irmgard waren todtraurig und psychisch nicht in der Lage, ihre Lehrstellen anzutreten. Beide verloren deshalb ihre Ausbildungsplätze.«

Es tat mir so leid für die beiden, das zu hören.

»Nachdem mehrere Wochen vergangen waren und die Suchaktion nach dir abgebrochen worden war, hielt es Valentina daheim nicht mehr aus und sie entschied sich, als Au-pair-Mädchen ins Ausland zu gehen, um Abstand zu gewinnen.«

Auch wenn die Umstände nicht einfach waren. Valentina konnte dadurch ihrem Traum ein Stück näherkommen. Sie wollte schon immer möglichst viel von der Welt sehen, wie ich aus früheren Gesprächen wusste, jedoch hatte sie es immer für vernünftiger gehalten, nach dem Schulabschluss eine Ausbildung zu machen und danach ins Berufsleben einzusteigen …

»Und was ist mit Irmgard?«

Meine Mama stellte ihre Kaffeetasse ab und meinte, dass Irmgard nach einer gewissen Trauerzeit um mich von ihren Eltern gedrängt wurde, sich wieder dem Leben zu stellen.

»Sie sagten ihr, dass das Leben trotzdem weitergehen muss und sie sich nicht bis ans Ende aller Zeiten in ihrem Zimmer verkriechen kann. Du hättest das auch nicht gewollt. Da war es bereits Januar, circa fünf Monate nach deinem spurlosen Verschwinden. Es war nicht einfach, einen Ausbildungsplatz in der Lebensmittelbranche zu bekommen. Doch in einem Dorf hält man eben noch zusammen. Die Familie Tichelkamp hat das Dilemma mitbekommen und ihr einen Ausbildungsplatz zur Bäckerin oder Konditorin angeboten. Sie hat die Stelle dankbar angenommen und ...«

Irmgard arbeitete dort. Sie war die Lösung! Über sie konnten wir zum einen Zugang zur Bäckerei bekommen und zum anderen die Brezen anschließend verteilen. Ich erzählte sofort Mila und Cleopha von meiner Idee. Mila verzog besorgt ihr Gesicht.

»Es wird ein Schock für sie werden, wenn du ihr plötzlich gegenübertrittst.«

»Das denke ich auch, aber es ist die einzige Möglichkeit«, sagte Cleopha.

Wir feilten noch an unserem Plan. Als er so weit ausgereift war, suchten wir Lorenzo, um ihn einzuweihen. Wir fanden ihn auf einem Berg in der Nähe des eisblauen Sees.

»Mila! Bei allen Drachen, wo bist du auf einmal gewesen?«, rief er aus, als er uns zusammen mit Mila erblickte. Er löste sich aus einer Gruppe verschiedenster Wesen und kam zu uns. Wir erzählten ihm in Kurzfassung, was geschehen war und auch von unserem Plan. Während sich anschließend Mila und Cleopha auf den Weg zum Feengarten machten, zog mich Lorenzo beiseite.

»Bist du dir wirklich sicher, dass es klug ist, noch einen Menschen über deine wahre Existenz in Kenntnis zu setzen? Was ist mit Sophia und Leopold? Können sie dir nicht zum Brezenbacken ihre Küche zur Verfügung stellen?«

»Gewiss, und meine Familie könnte sie verteilen. Daran haben wir auch schon gedacht, aber mehrere Gründe sprechen dagegen. Punkt 1: Es muss uns jemand bei der Herstellung der Brezen helfen. Ein Profi, denn ohne Zauberei sind das verdammt viele Brezen, die zubereitet, geformt und im Ofen gebacken werden müssen. Dafür kommt in Villa Anna nur einer infrage: Alfio, aber auch ihn müsste ich über mein Leben als Hexe einweihen. Punkt 2: Die Brezen müssen von Villa Anna nach Söchering kommen. Weißt du, wie viele Kilometer das sind? Ohne Zauberei würde der Transport enorm viel Zeit in Anspruch nehmen. Punkt 3: Meine Familie kann die Brezen nicht verteilen, weil mir schlicht und ergreifend keine plausible Erklärung den Dorfbewohnern gegenüber einfällt. Warum sollte meine Familie in einer Nacht-und-Nebel-Aktion zweihundert Brezen backen und sie allen überreichen? Da kommen zu viele Fragen auf. Ich will sie da wirklich nicht mit reinziehen. Sie haben in der Vergangenheit schon genug durchgemacht meinetwegen. Und außerdem ...«

Scheinbar redete ich mich völlig in Rage, denn Lorenzo legte seine Hände besänftigend auf meine Schultern.

»In Ordnung. Ich habe es verstanden. Es geht nicht anders. Ihr habt bis zum Ende dieser Nacht Zeit, die besonderen Brezen herzustellen. Danach brauche ich dich hier, denn dann müssen wir kämpfen ...«

8. Kapitel

Cleopha, Mila und ich bereiteten in Rekordzeit alles für den bevorstehenden Visionszauber vor. Wir vereinbarten einen gemeinsamen Treffpunkt in dem überdimensionalen Gewächshaus des Feengartens. Dort erwartete mich neben Mila und Cleopha auch noch eine andere Fee.

»Das ist Madeleine«, stellte Mila sie vor.

»Sie ist die leitende Fee für alle Kräuter und Gewürze. Ich habe mir ihren Rat als Expertin geholt.«

»Hallo, Madeleine«, sagte ich und die zierliche Fee mit den gelockten braunen Haaren grüßte freundlich zurück.

»Wir haben einen Korb voller Zutaten zusammengestellt. Hier sind mehrere Knollen Knoblauch. Es entspricht nämlich tatsächlich der Wahrheit, dass er in einer bestimmten Menge Vampire und andere übernatürliche Wesen fernhält«, erklärte sie und hob eine überdimensionale Knolle aus dem Korb.

»Oregano«, fuhr sie fort und zeigte auf ein großes Büschel. Anschließend deutete sie auf ein Kraut daneben.

»Und Baldrian. Die Kombination der beiden gilt als Schutz vor dunklen Mächten. Was haben wir hier noch?«

Sie wühlte in dem Korb und hielt mir eine Handvoll Chilischoten entgegen.

»Ah, genau. Chili. Chili stärkt den menschlichen Körper von innen und wirkt schmerzlindernd.«

Interessiert hörte ich ihr zu; wenn wir alles hinter uns hatten und die Gefahr gebannt war, musste ich mich unbedingt mit dem Thema Kräuter und Gewürze genauer befassen.

»Das sind die üblichen Gewürze, die die Menschen kennen. Bei Knoblauch und Chili haben wir statt des getrockneten Gewürzes lieber die frischen Früchte gewählt, weil dann die Wirkung stärker ist«, übernahm Mila die Gesprächsführung und zog einen Beutel aus ihrer Tasche.

»Außerdem haben wir von beinahe unzähligen Kräutern, die es nur hier im Wald gibt, Blättchen und Blüten abgezupft. Sie einzeln aufzuführen, würde jetzt allerdings den Rahmen sprengen. Eines ist jedoch wichtig: Für sie wird kein Zauber gebraucht. Sie sind bereits in sehr geringer Dosierung in der Wirkung unglaublich stark.«

»Okay. Danke für die Informationen und auch für das Ernten und Zusammenstellen«, erwiderte ich und wir verabschiedeten uns von Madeleine, damit wir schleunigst loslegen konnten.

»Warte, Helena!«, rief Madeleine, bevor wir die Tür des Gewächshauses erreichten.

»Mir ist noch etwas eingefallen. Wenn euch noch Zeit bleibt, bevor es hell wird, dann räuchere die Menschenluft mit Weihrauch. Um diesen Geruch wird ebenfalls jeder Übernatürliche einen großen Bogen machen.«

Ich warf ihr einen dankbaren Blick zu und wir machten uns auf den Weg zum Schloss ...

Dort angekommen sank ich erst mal auf einen Stuhl und atmete tief durch. Die Anstrengung der vergangenen Stunden setzte mir merklich zu.

»Geht es dir nicht gut?«, erkundigte sich Mila, und Cleopha schwebte auf meine Schulter.

»Doch. Ich fühle mich nur sehr erschöpft, aber das hilft jetzt nichts, wir müssen weitermachen.«

Ich erntete besorgte Blicke und sprach unterdessen einen Zauber über den Korb.

»*Protegas populi. Ab omni mali in mundo. Sic fiat*«, wisperte ich mit geschlossenen Augen. Als ich meine Lider wieder hob, sah ich, wie sich ein feiner gelblicher Luftschleier über dem Korb sammelte. Er schoss etwa einen Meter in die Höhe und verpuffte wie ein Silvestergeschoss. Die herabfallenden Funken bündelten sich und sogen sich vereint in den Korb ein.

»Das hätten wir erledigt«, stellte ich fest und nahm Mila an der Hand.

»Seid ihr bereit?«

Sie nickte, und Cleopha, die auf meiner Schulter saß, ebenfalls.

»Gut, dann geht's jetzt los. Schließt die Augen.«

In Gedanken sprach ich den nächsten Zauber. Den, der uns in mein Dorf bringen sollte. Genauer gesagt vor die Haustür von Irmgard. Bevor ich selbst die Augen schloss, erblickte ich unzählige Raben, die direkt vor den großen Schlossfenstern kreisten. Bei ihrem Anblick fiel bei mir schlagartig der Groschen: Das waren Rubinas Boten!

9. Kapitel

Einen Herzschlag später befanden wir uns in meinem Dorf im Vorgarten von Irmgards Haus. Mein Herz pochte heftig infolge dieser Erkenntnis. Ich sah mich um und vergewisserte mich, ob auch kein Mensch in der Nähe war. Niemand war zu sehen. Bis auf das flackernde Licht einer Straßenlaterne war es vollkommen dunkel. Winterliche Stille lag über Untersöchering. Ich kniete mich zu Mila nieder und winkte Cleopha näher heran. Als Cleopha sich auf meiner Schulter niederließ, erzählte ich den beiden leise von meinem Erlebnis, kurz bevor der Visionszauber erfolgte.

»Ich habe sie auch gesehen: die Raben. Erinnert ihr euch, was mir Silas über die Raben erzählt hat? Rubina, die das Gleichgewicht der Welten zusammenhält, ist an einem geheimen Standort verwurzelt. Sie kann sich von dort scheinbar nicht entfernen und benutzt deshalb die Raben als ihre Augen und Ohren, die in sichtbarer oder unsichtbarer Form erscheinen können.«

»Natürlich! Das sind Rubinas Boten«, flüsterte Mila und äußerte die Vermutung, dass sich Rubina einen Eindruck von der Stimmung unter den Waldbewohnern verschaffen wollte.

»Meint ihr, sie wird mich zu sich holen?«, fragte ich heiser. Cleopha kniff betrübt ihre winzigen Augenbrauen zusammen.

»Ich weiß es nicht, aber sie wird auf jeden Fall Kontakt mit dir aufnehmen. Als du mit Silas am Walchensee warst, hat sie ja angekündigt, dass sie dich aufsuchen wird, wenn es ihr nicht mehr gelingt, die Waage des Gleichgewichts selbstständig zu halten.«

»Gut. Umso wichtiger ist es, dass wir die Menschen beschützen, bevor es so weit ist«, bekräftigte ich und bemühte mich um Fassung. In Wahrheit brodelte in mir ein Gemisch aus Angst und Panik …

Irmgards Zimmer befand sich im Erdgeschoss. Wir schlichen um eine Hausecke und ich blieb vor ihrem Fenster stehen.
»Hier ist es.«
Es war wirklich ein äußerst komisches Gefühl, dort zu stehen. Es war eine gefühlte Ewigkeit her, dass ich bei ihr ein und aus ging wie in meinem eigenen Zuhause. Als ganz normaler Mensch mit ganz gewöhnlichen Alltagsproblemen. Nun war ich hier. Lebendig, und in meinen Adern floss das Blut einer Hexe. Ich regierte ein Königreich. Ich war nicht mehr dieselbe und ich hatte Angst, dass sie es auch nicht mehr war. Wie oft hatte ich mich nach dem Moment gesehnt, meinen Freundinnen gegenüberzustehen? Unzählige Male. Ich wünschte mir, mit ihnen mein neues Leben zu teilen, zumindest in Erzählungen, und auch wieder an ihrem Leben teilzunehmen. Und jetzt? Jetzt machte sich eine unglaubliche Beklommenheit in mir breit. Würden sie mich hassen? Dafür, dass die letzten Jahre ihres Lebens ganz umsonst so traurig verlaufen waren?
Ich spürte Milas kleine Hand in meiner.
»Wir sind bei dir. Alles wird gut werden.«
Ich atmete tief durch und stieß das Fenster, das einen Spaltbreit offen stand, weiter auf. Glücklicherweise schlief Irmgard stets bei offenem Fenster unabhängig von den Temperaturen. Ich kletterte über das Fensterbrett in ihr Zimmer und Mila und Cleopha folgten mir. Ich stellte mich mitten in den Raum und starrte auf das Bett. Im schwa-

chen Licht der Laterne waren nur Irmgards Umrisse zu erkennen. Es war mucksmäuschenstill im Haus. Das einzige vernehmbare Geräusch war ihr gleichmäßiger Atem. Oje, wie sollte ich sie am besten aufwecken, ohne dass sie einen Herzinfarkt bekam?

Boom!

Die Entscheidung nahm mir Mila ab, indem sie aus Versehen eine Wasserflasche umstieß, die auf Irmgards Schreibtisch stand. Mit einem dumpfen Geräusch plumpste die volle Flasche auf den Boden. Augenblicklich hielten wir alle drei den Atem an und die Hand vor den Mund. Wie zu erwarten schreckte Irmgard aus ihrem Schlaf hoch. Nie fuhr in diesem verdammten Dorf nachts ein Auto vorbei, nie, aber genau in diesem Moment geschah es und beleuchtete für wenige Sekunden mein Gesicht. Irmgard riss die Augen auf und schrie sich die Seele aus dem Leib. Ich hörte, wie im Flur ein Lichtschalter eingeschaltet wurde und jemand die Treppe herunterlief. So ein Mist! Es blieb keine Zeit zu fliehen. Ich packte Mila und Cleopha und stellte mich mit ihnen dicht hinter die Tür. Irmgard knipste ihr Nachtlicht an und starrte mich an. Wie einen Geist. Ich hielt meinen Zeigefinger an den Mund und sah sie flehend an: Sag nichts! Behalte es für dich, was du gerade gesehen hast. Bitte. Da wurde auch schon die Tür aufgerissen und ich vernahm die Stimme ihrer Mutter.

»Was ist passiert?«

Irmgard schluckte. Ich schloss die Augen und betete, dass sie mich nicht verriet.

»Es war ...«, begann sie stockend. »... es war nur ein Albtraum. Du kannst wieder ins Bett gehen.«

»Fängt das schon wieder an?«, wollte ihre Mutter wissen.

»Ich weiß es nicht«, antwortete Irmgard gereizt und bat sie, zurück in ihr Schlafzimmer zu gehen. Die Tür fiel ins

Schloss und Irmgard schälte sich aus ihrer Bettdecke. Mit weit aufgerissenen Augen kam sie auf mich zu.

»Wie ist das möglich? Halluziniere ich?«

»Nein, das tust du nicht«, erklärte ich leise. »Ich lebe.«

»Oh mein Gott«, erwiderte sie und kämpfte blinzelnd mit den Tränen. Ehe ich mich's versah, lagen wir uns schluchzend in den Armen. Ich entschuldigte mich tausend Mal, dass ich sie so lange im Glauben lassen musste, dass ich tot wäre, und mein Verschwinden nicht erklären konnte.

»Helena, das Wichtigste ist, dass du lebst! Alles andere spielt keine Rolle. Endlich wurden meine Gebete erhört!«, schluchzte sie und wurde erneut von einem Heulkrampf übermannt. Tröstend führte ich sie zur Couch und setzte mich neben sie.

»Wo warst du die ganze Zeit? Wie ist es dir ergangen? Musstest du leiden?«, fragte sie, als sie sich einigermaßen beruhigt hatte.

»Das ist eine ziemlich lange Geschichte«, antwortete ich und versprach ihr, alles ausführlich zu berichten, allerdings musste für den Augenblick die Kurzfassung reichen.

Nachdem ich die letzten Jahre grob zusammengefasst hatte, forderte ich Mila und Cleopha auf, aus ihrem Versteck zu kommen. Verblüfft blickte Irmgard auf die zwei Wesen. Sie begrüßten meine menschliche Freundin.

»Sie können sprechen?«, fragte sie fasziniert. Ich lachte.

»Ja, sehr gut sogar.«

»Ich kann das alles noch gar nicht glauben. Ich traue es mich nicht zu glauben, aus Angst, dass ich morgen früh aufwache und die Begegnung mit dir nur ein Traum war.«

»Ich versichere dir, dass es real ist. Wir sind *echt*, genau wie du es bist.«

Wir umarmten uns noch einmal und ich fragte Irmgard, ob sie uns helfen würde. Sie überlegte nicht lange.
»Selbstverständlich!«

10. Kapitel

»Hast du einen Schlüssel für die Bäckerei?«, fragte Mila.

»Hm ...«, antwortete Irmgard grübelnd. »Für das Hauptgebäude habe ich keinen Schlüssel, aber für die alte Außenbackhaushalle[1] schon. Dort wurden früher die Backwaren hergestellt, bevor das neue Backhaus angebaut wurde.«

»Hält sich dort gerade jemand auf?«, hakte ich nach.

»Nein, inzwischen stehen die Maschinen dort still. Jedoch stellt sie die Familie Tichelkamp den Auszubildenden zum Üben zur Verfügung, deshalb besitze ich auch einen Schlüssel. Ob sich jetzt gerade jemand dort befindet? Ich glaube, in der Nacht von Freitag auf Samstag haben meine jungen Kollegen, die nicht zum Dienst in der Bäckerei eingeteilt sind, Besseres vor, als Teig zu kneten.«

»Da hast du sicher recht. Ich kann mir auch nicht vorstellen, dass jemand am Wochenende übt. Was ist mit dir? Verbringst du deine freien Nächte nicht auf irgendwelchen Partys?«, fragte ich vorsichtig und Irmgard schüttelte den Kopf.

»Ich meide große Menschenansammlungen, seit ...«

Nach kurzem betretenen Schweigen griff sie nach ihrer Tasche und kramte nach dem passenden Schlüssel. »Umso mehr freut es mich, dass ich heute Gesellschaft habe. Die beste, die es gibt: dich. Und jetzt machen wir uns auf den Weg, damit das auch weiterhin so bleibt.«

---

[1] Die kleine alte Außenbackhaushalle mit allem Drum und Dran ist frei erfunden. Ebenso das im Nachfolgenden beschriebene Brezenrezept und der Backprozess.

Um keinen Lärm zu machen und kein Aufsehen zu erregen, beschlossen wir zu Fuß zur Bäckerei zu gehen. Luftlinie war sie circa einen Kilometer weit entfernt. Wir gingen jedoch einen kleinen Umweg, damit wir nicht mitten durchs Dorf laufen mussten. Über die »Drohdleitn«, eine kleine Erhöhung, weiter durch ein Waldstück und vorbei am »Eggerbichi-See«. Bei eisigen Temperaturen, zwanzig Zentimeter hohem Schnee und leichtem Schneefall stapften wir in Richtung Obersöchering. Mila und Cleopha waren ganz fasziniert von den feinen Eiskristallen, die vom Himmel fielen, und tanzten zwischen den Flocken.

»Habt ihr tatsächlich noch nie einen Winter erlebt?«, fragte Irmgard ungläubig.

»Nein«, antwortete Cleopha.

»Im Wald wird es nicht kalt. Wir kennen den Schnee nur aus Erzählungen und alten Berichten, als es noch keine Grenze zwischen den Menschen und Übernatürlichen gab.«

»Wow. Das kann man sich gar nicht vorstellen. Sobald das Gleichgewicht wiederhergestellt ist, müsst ihr mir unbedingt mehr über den Wald berichten«, erwiderte Irmgard. Wir näherten uns langsam dem Ziel und die ersten Häuser des Dorfes kamen in Sicht.

»Ab jetzt müssen wir äußerst leise und vorsichtig sein, damit niemand auf uns aufmerksam wird«, flüsterte ich. Nur wenige Häuser lagen zwischen uns und der Einfahrt zum Bäckereigelände. Sicherheitshalber ging Irmgard stets einige Schritte voraus und winkte uns dann zu sich, wenn die Luft rein war. Schließlich kamen wir unbemerkt an der Außenbackhalle an. Irmgard sperrte die Eingangstür auf und wir schlichen hinein in die Backstube. Ein herrlicher Duft nach frischem Gebäck wehte uns entgegen.

»Oh, Mist! Daran habe ich nicht gedacht!«, fluchte Irmgard und wir fragten, was los war. Sie klärte uns auf, dass es weder Vorhänge noch Fensterläden gab.

»Es gibt hier zwar nur wenige Fenster, aber die Gefahr ist trotzdem hoch, dass jemand das Licht bemerkt …«

»Was ist mit Kerzen? Lassen sich irgendwo Kerzen in der Backstube auftreiben?«, fragte Cleopha.

»Ja, im Konditorenbereich müssten auf alle Fälle welche zu finden sein. Erst kürzlich habe ich für das Dekor einer Geburtstagstorte welche verwendet.«

Irmgard holte ihr Handy aus der Tasche und aktivierte die Taschenlampenfunktion. Sie eilte davon und kam wenige Augenblicke später wieder.

»Ein paar habe ich gefunden. Sie werden zwar nur spärliches Licht werfen, aber besser als gar keins.«

Die nächsten Stunden vergingen wie im Flug. Cleopha spendete uns weiteres Licht, indem sie, eine Kerze in den Händen, über uns hinwegflog. Irmgard wies Mila und mich in die verschiedenen Arbeitsschritte ein. Unsere Mission begann im ersten Bereich: der Mischerei. Dort suchten wir sämtliche Zutaten zusammen. Wir wogen Mehl, Butter, Zucker, Wasser, Milch, Salz, Butter und Hefe ab. Wir vermischten sie in großen Gefäßen gemeinsam mit unserer Geheimzutat. Danach ging es in die zweite Stufe: die Aufarbeitung. Ein paar Phasen des Backprozesses konnten wir dank des Zaubers, der über den Zutaten lag, überspringen. Als wir schließlich im dritten Bereich, dem sogenannten Ofenposten, angelangt waren und das letzte Blech in den Backofen schoben, klatschten wir uns gegenseitig ab und ließen uns erleichtert auf den Boden sinken.

»Wir haben fast dreihundert Brezen geschafft«, freute sich Irmgard.

»Für die Bewohner von Untersöchering brauchen wir circa zweihundert. Was machen wir mit dem Rest? Gibt es eine Möglichkeit, sie an die Bewohner von Obersöchering zu verteilen?«, erkundigte ich mich.

»Ja! Ja, natürlich«, antwortet Irmgard und tippte sich an die Stirn.

»Warum habe ich nicht gleich daran gedacht? In der Bäckerei Tichelkamp gibt es verkaufsoffene Samstage, so auch morgen. Um sechs Uhr morgens beginnt er und dauert ungefähr bis elf Uhr. Dort kann ich unsere gebackenen Brezen auf das andere Backwerk legen, sodass sie zuerst genommen werden. Sollen gleich *alle* Brezen dort verkauft werden?«

»Obersöchering hat weitaus mehr Einwohner als Untersöchering. Der Vorrat reicht nicht für alle. Mir wäre es lieber, wenn du die zweihundert Brezen direkt vor die Haustüren der Familien in meinem Dorf legst und die restlichen zum Verkauf auslegst. Aber wie schützen wir bloß die anderen Menschen aus meinem Nachbardorf?«

Fieberhaft überlegte ich, was wir auf die Schnelle noch unternehmen könnten.

»Ich habe eine Idee«, meldete sich Mila leise. »Madeleine hat uns doch den Tipp mit dem Weihrauch gegeben.«

»Ja, genau! Mila und ich könnten durch die Dörfer fliegen und die Luft damit räuchern«, bot sich auch Cleopha an.

»Das hört sich prima an, aber wo bekommen wir Weihrauch her und das Weihrauchfass?«, fragte ich.

Mila sah mich grinsend an. Sie hob ihren Beutel an und nahm etwas in Hand.

»Das ist luftgetrocknetes Gummiharz. Es wird aus dem Weihrauchbaum gewonnen. Madeleine hat mir vorsichtshalber etwas eingepackt. Wie es raucht? Sieh selbst.«

Mila wedelte sanft mit ihrer Hand und augenblicklich stieg der vertraute Geruch empor, der mich an die Kirchenbesuche meiner Kindheit und Jugend erinnerte.

»Schon vergessen? Wir sind keine gewöhnlichen Menschen. Auch wenn uns das Zaubern in der menschlichen Welt nicht erlaubt ist, Magie kennt oft keine Grenzen und wirkt von ganz allein.«

Ein unerwartetes Geräusch ließ uns plötzlich zusammenzucken. Was war das? Es klang, als ob jemand mit seinem Fahrrad quietschend direkt vor dem Eingang der Backstube gebremst hätte.

»Ist hier jemand?«, fragte eine männliche Stimme, die leicht besoffen klang, und jemand hämmerte sogleich gegen die Tür. Wenn er nicht aufhörte, würde er bald das halbe Dorf aufwecken. Erschrocken sahen wir uns an.

Irmgard stand auf.

»Macht die Kerzen aus, ich regle das.«

Wir pusteten die Kerzen aus und Irmgard ging zur Tür. Als sie schließlich zurückkam, erzählte sie uns, dass es der Zeitungsausträger war. Auf dem Heimweg von einem örtlichen Fest hatte er Licht in der Backstube gesehen und wollte, weil er einen Bärenhunger hatte, nach einem Gebäck fragen.

»Puh, da haben wir noch mal Glück gehabt.« Cleopha atmete auf und zündete erneut eine Kerze an, damit wir etwas sahen.

»Oh ja. Er hat mir eine Ausgabe vom ›Söcheringer Tagblatt‹ in die Hand gedrückt und …«

Mila, die neben Irmgard stand, stieß einen spitzen Schrei aus, nachdem die Lichtquelle entzündet war.

»Mila! Um Himmels willen, was ist los?«, fragte ich und bemühte mich um Ruhe. Meine kleine Freundin brachte indes kein Wort heraus und deutete tonlos auf die Zeitung.

Als mein Blick darauffiel, blieb mir die Luft weg. Ich wurde kreidebleich, als ich mich selbst mit Silas auf dem Foto auf der Titelseite erkannte – darüber die riesige Überschrift:

Helena von Bayersberg
Das verschollene Mädchen, dessen Namen und Gesicht
niemand vergessen hat – lebt

»Oh … mein … Gott …!«, stieß ich hervor und hielt mir die Hand vor den Mund. Neben unseren Brezen würden die Dorfbewohner auch diese Zeitung mit dem verräterischen Artikel auf ihrem Frühstückstisch haben …

II. Kapitel

Mir wurde schwarz vor Augen. Als ich wieder einigermaßen klar sah, holte ich tief Luft.
»Okay. Mila und Cleopha, ihr ...«, begann ich und merkte, wie erneut ein Schwindelgefühl in mir aufkam. Zittrig hielt ich mich an einer Arbeitsplatte fest.
»... beräuchert zuerst Obersöchering und danach Untersöchering. Sobald die Brezen fertig sind, helfe ich Irmgard beim Transport nach Hause und wir treffen uns vor meinem Elternhaus.«

Die nächste Stunde habe ich nur noch verschwommen in Erinnerung. Das Letzte, was ich hörte, war Milas Stimme, die mir mitteilte, dass sie fertig waren. Und da war noch ein Geräusch: krächzende Raben im Hintergrund ...

Als ich wieder zu mir kam, lag ich in meinem Bett im Schloss.
»Sie ist aufgewacht«, vernahm ich die Stimme von Cleopha und spürte ihr weiches Federkleid auf meiner Hand.
»Helena, wie geht es dir?«, wollte Mila wissen und kletterte in die Richtung meines Kopfkissens. Blinzelnd stützte ich mich auf.
»Mir ist immer noch ein bisschen mulmig zumute. Wie lange war ich dieses Mal außer Gefecht gesetzt?«
»Ungefähr fünfundvierzig Minuten. Als du vor deinem Elternhaus in eine Art Ohnmacht fielst, löste sich der Visionszauber auf und brachte uns wieder zurück in den Wald«, erklärte Mila.
»Ich halte das wirklich nicht mehr länger aus«, beklagte

ich mich bei meinen Freundinnen und ließ mich erschöpft zurück auf das Kopfkissen fallen. Hatte ich bisher bestmöglich versucht, mein schlechtes Befinden herunterzuspielen, konnte ich es nun nicht mehr verbergen und gab zu, wie sehr die Ereignisse an mir zehrten.

»Hätte diese Ohnmacht nicht noch ein paar Minuten warten können?! Ich wollte doch noch zu meiner Familie! Was meint ihr, was passiert, wenn sie diesen Zeitungsbericht entdecken, und außerdem …«

Ich hielt inne.

»Der Zeitungsbericht …«

Diesen Bericht musste ja auch jemand verfasst haben. Das Porträt musste jemand fotografiert haben. In der Menschenwelt gab es jemanden, der von meiner Existenz wusste! Dieser Jemand musste von meinem Auftauchen auf dem Herzogstand schon länger wissen, und dieser Jemand war es höchstwahrscheinlich auch, der das Gleichgewicht aus den Fugen gebracht hatte. Durch meine Entdeckung, das Recherchieren, das Verfassen des Artikels und letztendlich die Veröffentlichung.

»Was ist los?«, wollte Cleopha wissen und blickte mich fragend an. Ich erzählte von meiner plötzlichen Erkenntnis.

»Natürlich! Das ist es!«

So schnell die Freude über diese Eingebung aufgekommen war, so rasch verflog sie auch wieder. Punkt 1: Wir wussten nicht, wer dieser Jemand war, und Punkt 2: Die Veröffentlichung konnten wir nicht mehr aufhalten. Der Artikel würde nicht nur im Dorf Aufmerksamkeit erregen, sondern womöglich im ganzen Land gelesen werden. Er würde um die Welt gehen und das würde unsere Situation nicht besser machen.

»Mila, konzentriere dich«, forderte Cleopha sie auf.

»Benutze dein Gedächtnis und lies uns den Artikel vor. Möglicherweise hilft uns das weiter.«

Mila besaß eine Art fotografisches Gedächtnis. Alles, was sie sah, speicherte sie ab und in Fällen wie diesem war das sehr nützlich und praktisch. Sie schloss die Augen und murmelte zunächst leise zusammenhanglose Wörter vor sich hin.

»… verschollenes Mädchen …«

»… jeder kennt die Geschichte …«

»… nie wieder zurückgekehrt …«

»… Beweis …«

»… Vampir … Menschenmädchen …«

»… hilflose Seele … Monster …«

Schließlich klappten ihre Lider nach oben. Sie wirkte wie hypnotisiert. Mit starrem Blick ratterte sie den Artikel runter. Zeile für Zeile. Gebannt lauschte ich den Sätzen. Als Mila das letzte Wort gesprochen hatte, zwinkerte sie mehrmals und kam wieder zu sich.

»Wir kennen seinen Namen«, sagte ich ruhig und schluckte schwer.

»Andreas. Andreas M. ist unser Dorfjournalist. Ich kenne ihn gut …«

»Was willst du jetzt machen?«, hakte Cleopha nach. Ich sah ihr an, dass sie nicht einschätzen konnte, was in meinem Kopf vorging. Ich überlegte lange, bevor ich ihr antwortete.

»Außerhalb des Waldes darf ich nicht zaubern, deshalb kann ich Andreas sein Wissen nicht nehmen und somit auch nicht mehr den weiteren Verlauf des Geschehens beeinflussen. Diesen Artikel gibt es und die Menschen werden ihn lesen, denn ich schaffe es nicht, einen erneuten Visionszauber aufrechtzuerhalten, in dem wir alle Zeitungen einsammeln. Möglicherweise hat auch schon ein Dorfbewohner die Zeitung in die Hände bekommen und all die Mühe und Kraft wäre ohnehin umsonst. Eines können wir aber noch verhindern: die angekündigte Veranstaltung am Montagabend. Das verschafft uns einen gewissen Vorsprung, denn *noch* hat Andreas lediglich dieses Foto, das höchstwahrscheinlich zunächst auf Echtheit überprüft wird. Zudem hat er keine Fakten, sondern stellt nur Vermutungen über mein Auftauchen an.«

»Für enormen Aufruhr wird der Bericht trotzdem sorgen. Das zieht bestimmt Konsequenzen nach sich, was das Gleichgewicht betrifft«, merkte Mila besorgt an.

»Das auf alle Fälle«, bestätigte ich.

12. Kapitel

Im Morgengrauen traf Lorenzo im Schloss ein. Ich fing ihn ab und wir schlugen den Weg zu einem besonderen Platz des Schlosses ein, wo wir ungestört über die weitere Vorgehensweise reden konnten. Während unseres Spaziergangs berichtete ich ihm von den jüngsten Geschehnissen.

»Das darf doch nicht wahr sein!«, entfuhr es Lorenzo, als er von dem Zeitungsartikel erfuhr.

»Damit hätte auch ich im Traum nicht gerechnet«, erwiderte ich und erzählte ihm den Rest.

»Doch sag, wie haben die Ratsmitglieder und die anderen Waldbewohner auf die schlechten Nachrichten reagiert?«, fragte ich ihn, als ich ihm zu Ende berichtet hatte, in der Hoffnung, dass unter den Übernatürlichen die Stimmung noch nicht kippte.

»Zum ersten Mal in meinem langen Leben würde ich das Volk als *nervös* bezeichnen. Für die Waldbewohner hat das Ausmaß der Katastrophe bereits ungeahnte Dimensionen angenommen und nach deinen Erzählungen von eben schließe ich mich dieser Ansicht an. Du, die mächtigste Hexe im ganzen Wald, hat die Kontrolle über ihren eigenen Körper verloren. Auch Mila wurde schon von diesem ungeheuerlichen Phänomen befallen. Etwas Vergleichbares kam in unserer ganzen Geschichte noch nicht vor.«

Lorenzo und ich waren inzwischen am höchsten Aussichtspunkt des Schlosses angelangt. Ich stützte mich mit beiden Händen auf die Mauer und ließ meinen Blick über das Tal schweifen, das sich vor uns erstreckte. Sooft ich auch Heimweh hatte, aber diesen Platz der Erde nannte ich inzwischen ebenfalls mein Zuhause. Er musste ebenso beschützt werden wie mein Dorf, mitsamt seinen Bewohnern.

»Ich habe wirklich große Angst um dich«, sagte Lorenzo leise und trat einen Schritt näher an mich heran. Er stand dicht hinter mir und ich spürte seinen Atem. Ich schloss die Augen und mit einem Mal traf mich eine schwerwiegende Erkenntnis, eine Idee, wie wir das Problem lösen konnten.

»Ich bin an allem schuld. Meinetwegen sind alle in Gefahr«, begann ich.

»Was redest du denn da?«, beschwor mich Lorenzo und ich drehte mich zu ihm um.

»Wenn ich nicht dieses Praktikum bei Leopold und Sophia absolviert hätte, wäre ich jetzt ein normaler Mensch und ihr hättet weiter eurer Leben gelebt ohne diese ganzen Probleme.«

Schockiert blickte er mich an.

»Wärst du denn gern ein gewöhnlicher Mensch?«

Ich schüttelte den Kopf.

»Nein, natürlich nicht. Allein schon deshalb, weil ich mir kein Leben mehr ohne euch vorstellen könnte. Und trotzdem bringe ich nur Unglück über dieses bezaubernde Königreich. Silas' teuflischer Plan nahm erst durch mich Gestalt an und ich habe gedankenlos außerhalb des Waldes gehext. Und nun? Nun müssen die Übernatürlichen um ihre Zukunft bangen. Und weil das allein noch nicht ausreicht, sind überdies die Menschen in Gefahr. *Ich* bin verantwortlich für dieses Schlamassel. *Ich* muss es wieder in Ordnung bringen. Als eine Hexe des Waldes bringe ich das Gleichgewicht durcheinander, wenn ich mich außerhalb der Grenze meiner Kräfte bediene. Doch wenn ich die Grenze überschreite und den Wald ...«

Ich schluckte.

»... und den Wald für immer verlasse, bin ich kein Teil

dessen mehr. Ich könnte die Zeit bis zu meinem Schulabschluss zurückhexen und all das, was seit meiner Ankunft passiert ist, würde nicht geschehen. Es würde …«

Lorenzos Augen weiteten sich bei meinen Worten und er packte mich an den Schultern.

»Helena, was redest du denn da? Niemals käme es mir oder irgendeinem anderen Wesen im Königreich in den Sinn, dass *wir* Erlösung finden, indem *du* den Wald verlässt. Du gehörst zu uns. Ohne dich … Du bist aus meinem Leben nicht mehr wegzudenken. Bitte komm zur Vernunft. Wir finden einen anderen Weg, die Gefahr zu bannen.«

Lorenzo bemerkte meine innere Entschlossenheit und ergriff meine Hände.

»Helena. Bitte. Du könntest deine Entscheidung zu einem späteren Zeitpunkt nicht mehr rückgängig machen. Wenn du gehst, ist es für immer. Du kannst nie, nie wieder zurückkehren. Tu es nicht. Ich flehe dich an.«

»Er hat recht: Du musst hierbleiben.«

Erschrocken wirbelte ich herum. Silas. Er saß auf der Mauer und ich hatte sein vampirisch urplötzliches Auftauchen nicht bemerkt.

»Wie lange sitzt du schon da?«, fragte ich.

»Er ist gerade erst gekommen«, antwortete Lorenzo an seiner Stelle.

Ich atmete hörbar aus und merkte, wie sich Tränen den Weg in meine Augen bahnten.

»Was sollen wir denn sonst unternehmen? Die Zeit wird immer knapper! Bis zur Pressekonferenz am Montagabend müssen wir das Gleichgewicht gerettet haben. Seien wir realistisch: Das ist ein Ding der Unmöglichkeit. Gerade da wir jetzt wissen, dass die Menschen im Besitz dieses dämlichen Fotos sind und Nachforschungen anstellen werden.«

»Welches Foto?«, hakte Silas nach und ich fasste die Geschehnisse für ihn kurz zusammen. Sollte es ihm Angst machen, wie sich die Situation entwickelte, ließ er es sich jedenfalls nicht anmerken.

»Na schön«, begann er und sprang von der Mauer. Er näherte sich uns und Lorenzo trat schützend neben mich.

»Eine Option gibt es noch, die hast du scheinbar vergessen. Ich weiß, wie du zu Rubina gelangen kannst, und ich kann dich dorthin bringen. Versuche wenigstens zunächst auf diesem Wege, die Bedrohung abzuwenden, bevor du überstürzt den Wald verlässt.«

Seine eindringlichen smaragdgrünen Augen blickten mich herausfordernd an.

»Ich …«, begann ich und suchte nach Worten. Lorenzo holte Luft, um etwas zu sagen, doch bevor ein Wort seinen Mund verließ, ertönte ein markerschütterndes Donnergrollen. Erschrocken zuckten wir zusammen.

»Oh mein Gott. Was war das?«, fragte ich mit zittriger Stimme.

Einen Wimpernschlag später färbte sich der Himmel finster. Augenblicklich legte sich eine apokalyptische Stimmung über das übernatürliche Königreich. Lorenzo und Silas merkten auf und schauten beide in eine Richtung. Ich war mir sicher, dass sie etwas gehört hatten, was nur ihr besonderes vampirisch ausgeprägtes Gehör wahrnehmen konnte.

»Was ist denn passiert?«, fragte ich panisch.

»Das Gekreische kam vom Waldrand«, stellte Silas fest und Lorenzo klärte mich auf. Sekunden nach dem Knall waren, für mich nicht wahrnehmbar, Schreie zu hören gewesen.

»Kommt. Lasst uns nachsehen, was geschehen ist«, drängte er und Silas nickte ihm zu. Er begleitete uns.

»Fliegst du mit mir?«, wollte Lorenzo wissen und wandte sich an mich.

»Ja, ich fliege mit dir.«

Wer wusste schon, wann und wie oft ich noch die Gelegenheit hatte, auf einem Drachen zu fliegen. Möglicherweise war es das letzte Mal, und das wollte und durfte ich mir nicht nehmen lassen …

13. Kapitel

Es dauerte nicht lange und wir erreichten den Platz, von dem aus sie die Schreie geortet hatten. Es war eine Stelle am Waldrand, die nicht unweit von Villa Anna entfernt war, dem Standort von Leopolds und Sophias Hotel. Bei unserer Ankunft erwartete uns ein ganzer Vampirclan, der sich in zwei etwas voneinander entfernt stehende Gruppen aufgeteilt hatte. Es waren vor allem junge Vampire, fiel mir auf. Aufgeregt redeten sie nach unserer Landung lautstark auf uns ein. Ich versuchte mich auf die Erzählung einzelner Vampire zu konzentrieren, verstand jedoch in dem Durcheinander kein Wort. So kamen wir nicht weiter.

»Ruhe jetzt!«, gebot Lorenzo streng und die Menge verstummte. »Ich wähle nun einen von euch aus, und dieser wird mir dann erklären, was hier vor sich geht.«

Lorenzo deutete auf einen weiblichen Vampir in meiner unmittelbaren Nähe.

»Du.«

Das schlanke rothaarige Mädchen mit stechenden türkisblauen Augen trat einen Schritt vor. Man sah ihr an, dass sie mit sich kämpfte, um Ruhe zu bewahren.

»Hier am Waldrand, fernab des besiedelten Tals, haben wir ...«, sie deutete auf die anderen Vampire, »... einen gemeinsamen Treffpunkt. Hier sind wir ungestört und kommen beinahe täglich zusammen.«

Ähnlich wie in einem menschlichen Jugendzentrum, dachte ich mir.

»Jedenfalls war heute alles wie immer, bis das laute Donnergrollen ertönte. In diesem Moment wurde die

Grenze, das magische Band, das die übernatürliche Welt von der der Sterblichen trennt, sichtbar. Im nächsten Atemzug zog sich das Band zusammen. Es schrumpfte. Der Durchmesser verkleinerte sich um mindestens zwei Meter. Und alle, die sich in der Nähe des magischen Bandes aufhielten, befinden sich jetzt *außerhalb* der Grenze. Schaut sie euch an! Sie sind gefangen in der Menschenwelt! Insgesamt hat es achtzehn von uns erwischt. Was sollen wir jetzt nur tun?«

»Das ist ja schrecklich!«, entfuhr es mir. Jetzt wusste ich, warum die Vampire in zwei Gruppen aufgeteilt waren. Die eine befand sich im Wald und die andere draußen. Draußen!

»Okay, bleibt jetzt ganz ruhig«, versuchte ich sie zu besänftigen, obwohl ich innerlich mehr als beunruhigt war. Wenn diese achtzehn Vampire sich selbst überlassen in der Menschenwelt umherziehen würden, dann waren die Menschen mehr in Gefahr denn je! Panisch wandte ich mich an Lorenzo und Silas.

»Was, um Himmels willen, machen wir jetzt? Wenn der Schock der Ausgeschlossenen überwunden ist und sie die ersten Menschen riechen, sie zum ersten Mal ihr Blut *trinken*, wird ihr Blutdurst nicht mehr zu stillen sein. Wir müssen das verhindern!«

»Wir müssen vor allem auch verhindern, dass die Menschen auf die Vampire aufmerksam werden. Diejenigen, die es auf die andere Seite der Grenze verschlagen hat, sind für die Menschen sichtbar. Was meint ihr, was geschieht, wenn die Menschen bemerken, dass Vampire unter ihnen sind? Die Waage des Gleichgewichts wird dadurch erneut stark ins Wanken geraten«, gab Silas zu bedenken und Lorenzo sah mich an.

»Das Gleichgewicht muss wiederhergestellt werden, bevor das magische Band weiterschrumpft. Helena, ich bitte dich, nimm Silas' Vorschlag an. Begib dich mit ihm zu Rubina, bevor du übereilt den Wald verlässt. Ich werde euch die notwendige Zeit verschaffen und alle Waldbewohner am eisblauen See versammeln. Er befindet sich etwa in der Mitte der übernatürlichen Welt und kein Einziger kann dann mehr unbeabsichtigt zu den Menschen gelangen. Ich werde Kontrollposten bei den Vampiren jenseits der Grenze stationieren, um sie im Zaum zu halten. Bitte bleib.«

Es war verzwickt und trotzdem musste ich einen kühlen Kopf bewahren, um nicht etwas zu tun, was ich hinterher bereute. Am liebsten hätte ich die Welt angehalten. Sie sollte aufhören sich zu drehen, damit ich wenigstens für fünf Minuten in mich gehen konnte. Nur fünf Minuten. In den letzten Stunden hatte ein Ereignis zum nächsten geführt und es war überhaupt keine Zeit geblieben, um kurz nachzudenken, was das Richtige war. Ich wollte Lorenzo nicht verlassen, aber ich konnte auch nicht das Risiko eingehen, dass meiner Familie etwas Schlimmes zustieß.

»Lorenzo, ich werde mein Bestes geben, um das Gleichgewicht wiederherzustellen, aber wenn es bis Montagabend nicht gelungen ist, muss ich, so schwer es mir fällt, den Wald verlassen. Ich bin mir sicher, dass der Zeitungsartikel, den die Menschheit nun gelesen hat, der Auslöser für den aktuellen Vorfall ist. Doch die Pressekonferenz von Andreas M. würde zweifellos die Misere bis zum Äußersten verschärfen.«

»So weit wird es nicht kommen. Du wirst es schaffen, da bin ich mir sicher«, flüsterte mir Lorenzo zu, doch seinem gequälten Blick sah ich an, dass mit dem magischen Band auch seine Hoffnung schrumpfte. Und um ehrlich zu sein, mir ging es nicht anders ...

»Bist du bereit?«, drängte Silas. Ich warf Lorenzo einen letzten schmerzlichen Blick zu, und ehe ich mich's versah, packte mich Silas. In Windeseile brachte er mich von der Waldgrenze fort. Es kam mir wie ein unausgesprochener Abschied von Lorenzo vor. Eilig wischte ich mir die Tränen fort, die sich nun endgültig nicht mehr zurückhalten ließen.

Nur wenige Wimpernschläge später setzte mich Silas in einer Höhle ab. Schnell bemerkte ich, dass wir uns nicht in irgendeiner x-beliebigen Höhle befanden, sondern in dem Gewölbe, welches das unendliche Grab der primum maleficis barg.

»Von hier aus …«, begann er.

»Warte, Silas«, unterbrach ich ihn, denn mit einem Mal wurde ich skeptisch.

»Wieso bist du urplötzlich so erpicht darauf, mir zu helfen, um die Übernatürlichen *und* die Menschen vor Unheil zu bewahren? Du, dem es einst nicht schnell genug gehen konnte, die dunkle Macht an sich zu reißen. Nun wäre die einmalige Gelegenheit dazu. Du hast selbst gesagt, jemand, der böse ist, wird es im Grunde seiner Seele auch stets bleiben. Sag, was ist dein Antrieb für den heldenhaften Umschwung?«

Seine smaragdgrünen Augen ruhten auf mir und er schwieg eine Weile.

»Du bist der Grund dafür«, meinte er schließlich und ich erstarrte.

»Ich?«, fragte ich fassungslos.

»Ja, ich helfe dir, damit alles bleibt, wie es ist, und du nicht fortgehst. Mein Verhältnis zu den restlichen Übernatürlichen und den Menschen ist unverändert. Es interessiert mich nicht, was aus ihnen wird, aber was aus dir wird, ist mir nicht egal.«

Er trat zu mir, hob die Hand und strich mir sanft eine Haarsträhne aus der Stirn. Ich war zu überrascht von seinen Worten und seiner Geste, als dass ich darauf reagieren konnte. Dass er mich mochte als *eine* Freundin, hatte er mir in der Vergangenheit schon mitgeteilt, aber das? Das grenzte schon beinahe an eine Liebeserklärung. Ich gestand mir ein, dass die Verbindung zwischen Silas und mir etwas Besonderes war, aber kam sie in irgendeiner Weise dem gleich, was ich für Lorenzo empfand? Konnte man Freundschaftsgefühle mit Verliebtsein verwechseln? Ich schloss kurz die Augen, beschloss dann aber, meine Gedanken wieder auf das Wesentliche zu lenken und eine detaillierte Reaktion auf seine Worte auf später zu verschieben.

»Es bedeutet mir viel, dass du trotz deines düsteren Kerns bereit bist, dieses Opfer für mich zu bringen, und dass du am Ende, zumindest für dieses dunkle Kapitel der Geschichte der Übernatürlichen, statt zu den Bösewichten zu den Helden gehören wirst. Dafür müssen wir aber erst mal beginnen, die Geschichte zu schreiben, und anfangen, die Welt zu retten. Also verrate mir ...«, sagte ich, um vom Thema abzulenken, »... warum sind wir ausgerechnet am unendlichen Grab? Müssen wir die alten Mitglieder des Hexenzirkels aus ihrem Schlaf wecken?«

Silas schüttelte den Kopf.

»Diese Höhle hat eine besondere Bedeutung. Genau hier wurde damals der mächtige Zauber gesprochen, der das magische Band heraufbeschworen hat. Wie dir schon bekannt ist und du am eigenen Leib erfahren hast, hat der Zauber ein Schlupfloch beinhaltet, aber da gibt es noch etwas.«

Er macht eine bedeutungsvolle Pause und schlenderte zwischen den Grabsteinen umher.

Fragend zog ich eine Augenbraue hoch.

»Was meinst du?«

»Das magische Band hat einen Anfang und ein Ende. Wie du weißt, war dereinst das Verhältnis zwischen den Menschen und Übernatürlichen von Gewalt geprägt, deshalb beschlossen Evolet und die anderen Mitglieder des Hexenzirkels, die beiden essentiellen Teile des Bandes zu schützen. Sie sollten an einem geheimen Ort zusammengehalten werden, damit kein menschliches oder übernatürliches Wesen es aufspüren und zerstören konnte. Nicht versehentlich und nicht mit Absicht.«

»Und dieser geschützte und geheime Ort ist die außergewöhnliche Zeitzone in meiner Heimat am Walchensee …«, schlussfolgerte ich.

»Richtig.«

»Aber eines verstehe ich nicht. Diese Zeitzone hat ja mit Sicherheit niemand betreten. Die Dinge, die nun ihren Lauf nehmen, geschehen nur außerhalb des geschützten Bereichs. Wie hängt das eine mit dem anderen zusammen? Weißt du, was ich meine?«

Silas nickte und erklärte mir, dass das Ausmaß des Zaubers überaus gewaltig war und das Gleichgewicht mit dem Anfang und dem Ende des magischen Bandes verknüpft war.

»Verstehst du? Das eine kann nur bestehen, wenn das andere ebenfalls Bestand hat. Gibt es kein magisches Band mehr – ist unsereins auch nicht mehr von den Menschen getrennt. Andersherum genauso. Ist das natürliche Gleichgewicht nicht mehr gewährleistet, wird das magische Band seinen Ursprung verändern. Vollständig erlöschen wird es nie, aber wie du bemerkt hast, kann es beispielsweise seine Form verändern.«

»Ich glaube, langsam begreife ich es. Und das Gleichgewicht ist quasi im Gegensatz zur Grenze von außerhalb der geschützten Zone beeinflussbar?«

»Genau, denn die Waage des Gleichgewichts hängt von vielen Faktoren ab.«

»Wenn also Rubina dafür zuständig ist, das Gleichgewicht zusammenzuhalten, ist sie dann auch für den Anfang und das Ende des magischen Bandes verantwortlich?«

»Ja.«

»Dann lass uns aufbrechen, Silas. Zeig mir den Weg zu Rubina.«

14. Kapitel

Silas trat neben ein Grab, auf dessen Grabstein keine Inschrift zu lesen war.

»Komm her und berühre das Wasser«, wies er mich an. Ich gehorchte und kniete mich vor das Grab. Die Gräber waren hier nicht von der Sorte, mit Erde und Blumen, wie die Menschen sie kennen. Diese Gräber waren anders. Ihre Wände bestanden aus steinernem Material. Was nicht weiter besonders war, aber in einer ebensolchen Umrandung schimmerte vor jedem der Gräber ein tiefblaues, leuchtendes Gewässer. Als ich zum ersten Mal die Gruft besuchte, wirkte das ganze Ambiente gruselig auf mich. Flackernde Laternen warfen in der alten Tropfsteinhöhle gespenstische Schatten. Mittlerweile wusste ich aber, dass dieser Ort einer der sichersten und ruhigsten auf der ganzen Welt war.

»Halte deine Hände in das Wasser«, forderte Silas, als ich ihn unschlüssig ansah. Ich tauchte meine Hände in das kühle Nass. Ich blickte um mich, und als nach mehreren Sekunden nichts geschehen war, zog ich meine Hände wieder aus dem Wasser und trocknete sie an meiner Jeans ab. Gerade als ich Silas fragen wollte, was das Eintauchen meiner Hände hätte bewirken sollen, ertönte ein leises Geräusch.

Puff.

Und eine reichlich verwirrte Cleopha schwebte plötzlich über der Ruhestätte direkt vor mir. Ohne ein Wort zu sagen, flog sie zu dem Grabstein und gravierte wie von Geisterhand geführt eine Inschrift hinein.

Helena von Bayersberg

Erschrocken hielt ich mir die Hand vor den Mund und wich zurück. Dabei prallte ich mit dem Rücken an das kalte Gemäuer der Höhlenwand und stieß einen leisen Schrei aus. Silas ging auf mich zu. Wie konnte ich mich von seinen Worten nur so einlullen lassen und ihm blind vertrauen?

»Bleib, wo du bist! Wusste ich es doch, das hier ist nur eine Falle! Du willst mich umbringen, damit du meinen Platz wieder einnehmen kannst!«

Bildete ich es mir nur ein oder blitzte es tatsächlich verletzt in seinen Augen auf? Panisch versuchte ich einen Ausweg zu finden, jedoch fiel mir in der Angst kein Zauberspruch ein, der mich von hier fortbringen konnte.

»Helena, jetzt beruhige dich gefälligst!«, knurrte er.

Ich brachte einen schützenden Abstand von zwei Gräbern zwischen ihn und mich. Cleopha, die offensichtlich wieder Herr ihrer Sinne war, flog mir nach und schwebte beschirmend vor mich.

»Was hast du mit mir gemacht?«, schalt sie Silas zornig und blickte ebenso entsetzt wie ich auf das, was sie soeben auf den Grabstein geschrieben hatte.

»Mäßigt euch jetzt beide!«, entgegnete er aufgebracht.

»Dieses Grab war für Evolet bestimmt. Als sie sich entschied, in die passive Sphäre aufzusteigen und ihre Position an Helena übergab, ist ihr Platz hier …«

Er deutete auf die Gräber, während das Wasser reflektierend auf seiner Kleidung schimmerte.

»… erloschen. Dieses Grab ist leer und für dich reserviert, Helena. Und nein, ich habe dich nicht hierhergelockt, um dich zu töten. Es kränkt mich, dass du immer noch so von mir denkst! Nach allem … Nach allem, was war.«

»Warum sonst muss denn mein Name auf dem Grabstein stehen, Silas?«, fragte ich, immer noch panisch.

»Diese Gravierung muss erfolgen, bevor du dich aller Eigenschaften der primum maleficis bedienen kannst, verdammt noch mal!«

Wir erfuhren, dass ausschließlich Namen der Wesen, die der reinen Blutlinie der primum maleficis entstammten, eingraviert werden konnten. Den Auftrag dazu konnte jeder geben, in dem Fall Silas, aber die Durchführung musste durch die persönliche magische Feder erfolgen. War man nämlich einmal im Besitz einer solchen magischen Feder, übernahm sie alle Schreibdienste – auch den vermeintlich letzten.

»Der einfachste und schnellste Weg zu Rubina ist der über das Grab. Dieses Grab kann den Besitzer an jeden Ort bringen, an den er sich wünscht«, fügte er weiter erklärend hinzu. Cleopha und ich sahen uns an. Silas' Worte klangen aufrichtig. Ich blinzelte und atmete tief durch. Er wollte also tatsächlich nur helfen. Ich war töricht – wenn ich Silas vertrieb, starb mein letzter Hoffnungsschimmer. Entschuldigend blickte ich ihn an.

»Es tut mir leid, Silas. Ich bin mit den Nerven wirklich am Ende.«

»Schon gut«, meinte er trocken und ich war mir nicht sicher, ob es das auch wirklich war.

»Können wir jetzt endlich los?«, fragte er ungeduldig und ich nickte.

»Du musst in das Grab steigen. Besser springen. Tauch unter und wünsch dich zur besonderen Zeitzone an den Walchensee. Vergiss nicht, dir zu wünschen, dass ich dich begleite. Nur so kann ich dir gleichzeitig folgen. Sobald du wieder an der Wasseroberfläche schwimmst, wirst du an einem anderen Ort sein. Mit mir. Keine Angst, sobald du mit den Füßen den Boden berührst, wirst du stehen können.«

»Okay, und was ist mit Cleopha?«, wollte ich wissen und

drehte mich nach ihr um, doch sie war wie vom Erdboden verschluckt.

»Cleopha?«, rief ich und sah mich suchend um.

»Der Staubwedel ist nicht mehr hier. Sie ist nicht auf normalem Wege in die Höhle gelangt, sondern wurde herbeigezaubert. Auf dieselbe Weise hat sie diesen Ort auch wieder verlassen«, erklärte er und deutete mit einer Handbewegung auf das Grab.

»Komm jetzt.«

Zögernd stand ich am Wasserrand. Ich schickte noch ein Stoßgebet gen Himmel und hoffte inständig, dass Silas die Wahrheit sprach.

»Spring«, flüsterte Silas. Ich zog meine Jacke aus, warf sie in die Ecke und sprang, ohne weiter darüber nachzudenken, ins Wasser. Es war für uns alle die letzte Chance. Als meine Kleidung völlig durchtränkt war, öffnete ich die Augen. Ich nahm helle Blautöne wahr und konnte meinen Körper sehen, aber sonst nichts. Ich konnte auch nicht einschätzen, wie groß das unterirdische Grab war. Ich machte ein paar Schwimmbewegungen und tauchte an die Oberfläche.

Ich wünsche mich zu Rubina an den Walchensee, gemeinsam mit Silas.

Als ich meine Beine nach unten ausstreckte, spürte ich festen Boden unter den Füßen. Ich stellte mich auf den Grund und tauchte mit dem Kopf und dem Oberkörper aus dem Wasser. Als ich meine Augen öffnete, nahm ich nicht mehr die Tropfsteinhöhle um mich herum wahr, sondern stand brusttief im flachen Uferbereich des Walchensees. Unweit von mir begann das Wasser an einer Stelle sanft zu sprudeln. Einen Herzschlag später tauchte Silas ebendort aus den Fluten und ich war erleichtert, ihn zu sehen.

»Es hat funktioniert«, hauchte ich fasziniert.
»Gut gemacht«, lobte er mich.
Während wir ans Ufer wateten, ließ ich den Blick schweifen. Wie schon beim letzten Mal herrschte in diesem Bereich des sonst so farbenprächtigen Gewässers Endzeitstimmung. Hin und wieder flog ein Geist an uns vorbei, ohne von uns Notiz zu nehmen, aber sonst war kein weiteres Lebewesen weit und breit zu sehen.

»Bei unserem letzten Aufenthalt hier hast du erzählt, dass du schon öfter hier warst. Warum?«, fragte ich Silas. Er stapfte aus dem Wasser und wandte sich zu mir um. Silas hielt mir die Hand hin, um mir bei den letzten Schritten aus dem Wasser zu helfen, da sich direkt vor uns eine steile Uferböschung erhob.

»Danke«, sagte ich, und als ich das Wasser abschütteln wollte, merkte ich, dass mein Körper und meine Kleidung bereits getrocknet waren.

»Zu jener Zeit ...«, begann Silas, »... war Evolet der Ansicht, dass Rubina bewacht werden musste.«

»Wieso?«, hakte ich nach.

»Sie glaubte, dass wir auf diese Weise die Kontrolle über das behalten könnten, was in der Welt vor sich geht«, antwortete er und ich erkundigte mich, warum ausgerechnet *er* für diese ehrenvolle Aufgabe ausersehen wurde.

»Ob du es glaubst oder nicht, die der reinen Blutlinie entstammenden Mitglieder des Hexenzirkels vertrauten mir. Deshalb weihten sie mich in ihr breitgefächertes Wissen ein, zeigten und erlaubten mir den Zugang zu diesem Ort.«

»Wir wissen ja, wie die Geschichte endet ... War nach dir noch jemand für die Beaufsichtigung von Rubina zuständig? Oder warst du es bis zum Zeitpunkt meiner Entführung?«

Silas schüttelte den Kopf.

»Weder noch. Als sich der Zirkel zur Ruhe setzte, beschlossen seine Mitglieder, dass es nicht mehr notwendig war, Rubina zu bewachen. Was möglicherweise ein Fehler war«, gab er zu bedenken.

»Aber meinst du, dass es wirklich etwas genützt hätte, wenn jemand vor Ort gewesen wäre, als das Gleichgewicht ins Schwanken kam? Natürlich hättest du die Waldbewohner früher warnen können, aber in den weiteren Verlauf des Geschehens hättest du auch nicht eher eingreifen können.«

»Wahrscheinlich nicht, nein«, erwiderte er nachdenklich.

»Und warum hast du so ein Geheimnis daraus gemacht, dass es einst deine Aufgabe war, Rubina zu bewachen?«, erkundigte ich mich, während wir am Seeufer entlanggingen.

»Weil du bestimmt nicht mehr aufgehört hättest, mir über Rubina Fragen zu stellen, bis du Antworten gehabt hättest. Und eine weitere Bedingung, dass das Gleichgewicht geschützt bleibt, besteht darin, dass nur Auserwählte über Wissen zu Rubinas Existenz verfügen. Zumindest für dich ist diese Bedingung aber mit dem heutigen Tag entfallen, denn du wirst sie jetzt persönlich kennenlernen und bist gewissermaßen ebenfalls eine Auserwählte.«

Mein Herz klopfte bis zum Hals. Ich würde endlich Rubina kennenlernen. Endlich würde ich wissen, wer oder was sie war! Unzählige Male hatte ich mir ausgemalt, was sich hinter ihrer Stimme verbarg. Eine Art grüne, monströse Krake mit unvorstellbar langen Tentakeln? Ein menschenähnliches entstelltes Wesen? Meine Fantasie kannte keine Grenzen. Eine Frage brannte mir jedoch noch auf der Zunge. Warum war es Silas so wichtig, dass Rubina geschützt blieb? Mir fiel seine einstige Machtgier ein. Sein Antrieb war mit Sicherheit das Bangen um seine eigene

Zukunft, denn eine zerstörte Erde brauchte auch keinen Herrscher. Ein König benötigte ein vitales Volk und ein funktionstüchtiges Reich, sonst war sein Amt wertlos.

15. Kapitel

»Wo finden wir Rubina?«, wollte ich wissen, nachdem wir eine Weile gegangen waren und uns circa auf der Höhe des heutigen St.-Margareth-Kirchleins auf der Halbinsel Zwergern befanden.

»Mich wundert, dass sich Rubina noch nicht von selbst gezeigt hat«, erwiderte er. »Unser kleiner Spaziergang diente einzig dem Zweck zu warten, bis sie auftaucht, aber anscheinend müssen wir es anders machen.«

Er blieb stehen und forderte mich auf, mich unmittelbar an den Uferrand zu stellen, den Blick auf die Mitte des Gewässers gerichtet.

»Rufe jetzt ihren Namen und sag, dass du hier bist«, wies er mich an.

»Okay.« Ich trat an das Wasser und hob meine Lider. »Rubina, ich bin hier!«

Einen Herzschlag später tauchten wie aus dem Nichts Rubinas Raben über uns auf. Sie umkreisten uns und wirkten noch größer und unheimlicher, als ich sie in Erinnerung hatte.

»Es funktioniert. Du gehörst jetzt offiziell zu den Auserwählten, die diesen geschützten Ort sehen dürfen«, sagte Silas leise. Ich wandte den Blick vom Himmel ab und folgte dem seinen. Staunend betrachtete ich das sich mir nun bietende Szenario. Vor meinen Füßen tauchten fußbreit große Steine aus dem Wasser und wiesen den Weg zu einer magisch leuchtenden kleinen Insel, die sich mitten aus dem See erhob. Vom Ufer aus konnte ich nicht erkennen, was sich darauf befand.

Komm zu mir, wisperte es in meinem Kopf. Das war Rubina!

»Sie hat gesagt, dass ich zu ihr kommen soll«, informierte ich Silas und er machte eine Handbewegung in Richtung der Steine im Wasser. Zögerlich trat ich auf den ersten. Ich machte einen weiteren Schritt und die Steine versanken nicht. Vorsichtig setzte ich einen Fuß nach dem anderen. Ich kam dem winzigen Eiland näher und stand schließlich auf dem letzten Stein. Ich betrachtete die Insel genauer und vermochte nichts zu erkennen außer grünem Gras, das mit einem magischen gelblichen Leuchten versetzt war, welches ich schon vom Ufer aus wahrgenommen hatte. Gras?! Das Gleichgewicht zwischen den Übernatürlichen und den Menschen sowie das magische Band, das den Wald schützend umgab, wurde von simplem Gras zusammengehalten?

Hihi! Ich vernahm ein leises Kichern.

Sei nicht enttäuscht, dieses Gras ist nur mein Nährboden, das bin nicht ich. Schließe noch einmal die Augen; wenn du sie öffnest, wirst du mich sehen.

Erwartungsvoll blickte ich auf die Insel, die etwa den Durchmesser eines Meters hatte. Aufgeregt folgte ich Rubinas Anweisungen und einen Wimpernschlag später sah ich sie vor mir. Rubina. So anders, als ich sie mir je vorgestellt hatte. Eine Rose mit einem prächtigen Blütenkopf wuchs aus dem Boden empor. Ihre Blütenblätter funkelten in dunkelgrauen bis tiefschwarzen Tönen. Als sie ihre vollständige Höhe von circa fünfzig Zentimetern erreicht hatte, ließ sie den *Kopf* hängen und fünf ihrer Blätter fielen auf das Gras. Als die Blätter jeweils den Boden berührten, sprühten Funken und ein klirrendes Geräusch erklang, als ob jemand ein Glas in tausend Scherben zerschmetterte.

Zwei Blätter habe ich verloren, als du dich außerhalb des Waldes deiner Kräfte bedient hast, und die nächsten drei binnen kürzester Zeit in den letzten Wochen. Ich verliere die Blätter zu schnell, sie haben keine Zeit, sich von dem Sturz zu erholen und sich zu regenerieren ...

»Was kann ich dagegen tun, Rubina? Ich nehme an, ein einfaches Gießen wie bei einer gewöhnlichen Pflanze wird nicht reichen«, sagte ich und war immer noch fasziniert von dem sich mir bietenden Anblick. Der schwarzen Rose.

Das Geheimnis, mich zu retten, liegt in meinen Blütenblättern. Als ich dir sagte, dass ich versuchen würde, das Gleichgewicht selbst wiederherzustellen, wartete ich darauf, dass die Blätter von selbst wieder den Weg zu ihrem Platz finden würden. Wie du sehen kannst, ist dies nicht geschehen ...

»Du musst wieder vollständig und unversehrt sein, damit die Ordnung der Welt wiederhergestellt wird. Wie kann ich die schwarzen Blütenblätter wieder anbringen?«, fragte ich und konnte mir beim besten Willen nicht vorstellen, wie ich das bewerkstelligen sollte.

Meine Blütenblätter dürfen auf keinen Fall mit bloßen Händen berührt werden. Mit Magie wurden sie erschaffen, ebenso müssen sie wieder angebracht werden.

»Ich soll sie dir einfach wieder dranhexen?«, fragte ich ungläubig. Erleichterung machte sich in mir breit. So leicht hatte ich es mir nicht vorstellt. Aber manchmal ging es ja genau so im Leben zu. Für die Dinge, die uns am schwierigsten erscheinen, gibt es manchmal ganz einfache Lösungen.

Halt, warte, Helena. Freu dich bitte nicht zu früh. Ich muss es deutlicher ausdrücken: Mit Magie wurden sie erschaffen und mit einer ebensolchen müssen sie wieder angebracht werden.

»Was bedeutet mit einer *ebensolchen*? Die primum maleficis haben dich erschaffen. Ich entstamme der reinrassigen Blutlinie. Das würde doch heißen, dass ich dafür infrage komme, oder nicht?«

Das ist richtig. Du bist ein Teil des Hexenzirkels, der mich er-

schaffen hat. Genauer gesagt nimmst du Evolets Platz ein. Mich hat jedoch der komplette Zirkel heraufbeschworen.

»Es sind also die vereinten Kräfte des ganzen Zirkels notwendig, um dich zu retten?«, ergänzte ich und Rubina bestätigte es.

Ja.

Meine aufgekeimte Hoffnung fiel wie ein Kartenhaus in sich zusammen. Dass mir meine Hexenkollegen helfen würden, daran hatte ich keinen Zweifel, aber ich musste jedes einzelne Mitglied wecken, was mich enorm viel Zeit kosten würde.

Sei gewarnt, liebe Helena. Noch sind die herabgefallenen Blütenblätter nicht verfault, sollte aber bei dem Zauber etwas fehlschlagen und sollte er nicht lange genug aufrechterhalten werden – beschleunigt das die Verwesung und weitere Blätter werden sich von meinem Blütenkopf lösen.

»Es bleibt mir keine andere Wahl, Rubina. Dir ist sicher bekannt, dass sich achtzehn Vampire in der menschlichen Zone befinden. Ich muss den Zauber riskieren, denn ich kann in dieser misslichen Lage das Glück nicht herausfordern und abwarten, ob sich das Problem am Ende vielleicht von selbst löst.«

Ich verabschiedete mich vorerst von Rubina und kehrte zu Silas ans Ufer zurück. Ich erzählte ihm den Inhalt unseres Gesprächs. Als ich erwähnte, dass fünf abgefallene Blätter auf dem Boden lagen, horchte er auf.

»Deshalb konnte sich Rubina nicht mehr von selbst zeigen. Sie ist nicht mehr vollständig!«

»Und wir müssen jetzt unverzüglich dafür sorgen, dass Rubina schnellstmöglich wieder unversehrt ist. Kommen wir auf demselben Wege wieder zurück in das unendliche Grab, wie wir gekommen sind?«, fragte ich und Silas nickte.

»Dann lass uns gehen«, entgegnete ich ihm und watete ins Wasser. Silas folgte mir. Als ich bauchnabeltief im See stand, tauchte ich unter ...

16. Kapitel

Wenige Augenblicke später befanden wir uns wieder in der Höhle bei den sieben Gräbern der primum maleficis. Trocken, als hätte uns kein Tropfen berührt. Ich wandte mich an Silas.

»Wie versprochen hast du mich zu Rubina geleitet. Dafür danke ich dir. Wenn du mich nicht weiter begleiten möchtest, steht es dir frei zu gehen.«

»Auf keinen Fall werde ich gehen. Ich bleibe«, verkündete er entschlossen und deutete auf das Grab von Harrison Eltringham. »Fang an.«

Ich nickte ihm zu, ehe ich mich vor das Grab von Harrison kniete. Ich erinnerte mich gut an die vielen gemeinsam mit ihm verbrachten Stunden. Er war ein weiser alter Mann. Im Gegensatz zu etlichen anderen übernatürlichen Wesen sah man ihm das Alter auch tatsächlich an, denn er hatte seinen Alterungsprozess nicht aufgehalten. Ein bisschen erinnerte mich seine Erscheinung mit dem weißen langen Bart und dem charakteristischen Hut immer an den Schulleiter von Hogwarts, Albus Dumbledore. Ich mochte alle Mitglieder der primum maleficis, aber Harrison war in der übernatürlichen Welt so etwas wie ein Großvater für mich geworden. Er war es auch, der mich in viele Hexenkünste und Zaubergeheimnisse eingeweiht hatte, mit schier unendlicher Geduld.

Ich legte meine Hände auf die Umrandung des Grabes und murmelte leise Worte.

»Excitare, et veniet ad me.«

Ich beugte mich über das Wasser, bis schließlich mein Spiegelbild in kleinen sich bildenden Wellen verschwamm.

Das Wasser begann zu blubbern und zu sprudeln. Einen Augenblick später schoss es fontänenartig in die Höhe. Es spritzte in alle Richtungen und auch Silas und ich bekamen einige Tropfen ab. Auf spektakuläre Weise sammelte sich das lebensspendende Element und formte sich zu einer respektgebietenden Männergestalt aus Wasser. Harrison Eltringhams Physiognomie wurde sichtbar. Irgendwie fühlte sich seine bloße Anwesenheit beruhigend an und ließ in mir das Gefühl aufsteigen, dass fortan alles gut werden würde.

»Seid gegrüßt«, sagte er und wir erwiderten seinen Gruß.

»Harrison, es tut mir leid, dass ich dich erneut in deiner ewigen Ruhe störe«, begann ich. »Aber ich brauche eure Hilfe. Rubina hat einen Teil ihrer Blätter verloren und wir müssen sie gemeinsam wieder anbringen. Kann ich auf die Angehörigen des Zirkels zählen?«

Für den Bruchteil einer Sekunde weiteten sich seine alten Augen, die wahrscheinlich schon vieles gesehen hatten, erschrocken, ehe er sich wieder fasste.

»Ist es tatsächlich schon so weit gekommen?«, fragte er und ich nickte.

»Selbstverständlich lassen wir dich nicht im Stich, zumal es um unser aller Existenz geht. Wäre Rubina erst einmal vollständig zerstört, könnte sie nicht wieder zusammengesetzt werden, und die Auswirkungen wären verheerend.«

Die Zusicherung seiner Hilfe führte einerseits zu Erleichterung bei mir, doch andererseits machten mir seine Worte noch einmal unmissverständlich deutlich, welche gravierenden Folgen unser Scheitern hätte.

»Bitte wecke auch die anderen fünf Mitglieder des Hexenzirkels auf«, drängte Silas und wies zum nächsten Grab. Zusammen mit meiner Wenigkeit gab es insgesamt acht reinrassige Mitglieder der primum maleficis. Ließ man Evolet außer Acht, waren wir nur noch zu siebt, die im irdischen Dasein verhaftet waren. Einer von ihnen war Harrison. Hinzu kamen drei weibliche Hexen mit Namen Flavia, Citrina und Arcadia und zwei männliche Hexenmeister namens Dacian und Elisei. Und sie alle musste ich nun zurück in die übernatürliche Welt rufen. Wie schon bei Harrison kniete ich mich vor das nächste Grab. Es war das von Flavia. Ich konzentrierte mich und wisperte den entsprechenden Zauberspruch. Einen Wimpernschlag später ereignete sich dasselbe Spektakel wie bei Harrison und Flavia erschien in voller Größe vor mir. Sie blickte sich um und heftete den Blick auf mich. »Ich grüße dich, liebste Helena. Ich freue mich, dich wiederzusehen«, ließ sie verlauten und wir verneigten uns voreinander. Im Gegensatz zu Harrison und Evolet manifestierten sich die anderen Mitglieder des Hexenzirkels nicht mehr in ihrer früheren äußeren Erscheinung. Stattdessen wurde die Form ihrer Körper von Umhängen ummantelt, und auf ihren Köpfen, mit kaum erkennbaren Gesichtern, trugen sie Hexenhüte.

»Warum hast du …?« Sie warf Harrison einen kurzen Seitenblick zu und wandte sich dann wieder an mich.

»… uns geweckt? Womit können wir dir helfen?«

»Das ist eine lange Geschichte. Für mein Vorhaben brauche ich euch alle. Bist du einverstanden, dass ich zunächst die anderen wecke und dann unsere Lage erkläre?«

»Natürlich, wir vertrauen dir. In dieser Welt bist du unsere Anführerin und triffst die Entscheidungen.«

Dankbar wandte ich mich von ihr ab und ging zum nächsten Grab. Es war das von Elisei. Nachdem ich ihn heraufbeschworen hatte, tat ich es ebenso mit Citrina, Arcadia und Dacian. Als sich alle Zirkelmitglieder in ihren Umrissen vor mir in den Gräbern zeigten, fasste ich die

Geschehnisse in kurzen Worten für alle zusammen. Alle sechs waren bereit, mich in die Zwischenzone des Walchensees zu begleiten, jedoch wollte ich noch eines erledigen, bevor ich selbst zu dieser Reise aufbrach.

»Geht schon voraus«, bat ich sie.

»Ich werde noch Lorenzo und die anderen Waldbewohner über unser Vorgehen informieren, damit sie auf dem aktuellen Stand sind.«

Als alle Mitglieder des Zirkels, ausgenommen Silas, untergetaucht waren, lenkte ich meine Gedanken auf Cleopha. Es war am einfachsten, über meine Feder mit Loren zu kommunizieren. Ich sprach einen Zauber, der sie zu mir brachte.

»Calamo vocatis me.«

Einen Herzschlag später bildete sich vor mir ein violetter Nebelschleier. Er verpuffte und Cleopha wirbelte zu mir heran. Eine erregte und vor Angst zitternde Cleopha sah mich an.

»Habe ich dich mit dem Zauber so erschreckt? Das tut mir leid. Ich wollte nur …«, begann ich und näherte mich ihr tröstend.

»Nein, das ist es nicht«, unterbrach sie mich.

»Was ist los?«, fragte ich nach und in mir läuteten sämtliche Alarmglocken.

»Die Vampire. Sie sind … Sie …« Stotternd erzählte sie mir, dass in Villa Anna, genau an der Stelle, an der die achtzehn Vampire die Grenze überschritten hatten, eine Gruppe Menschen den Waldrand passiert hatte. Womöglich eine geführte Touristentour, wie sie in der Region angeboten wurde.

»Die Kontrollposten hatten die Menschen frühzeitig entdeckt und unverzüglich nach Lorenzo rufen lassen.

Eindringlich beschwor Lorenzo die Vampire, Ruhe zu bewahren. Das funktionierte auch … für ungefähr dreißig Sekunden. Dann witterten sie die Beute. Als der vorwitzigste von ihnen einer Frau die Zähne in den Hals schlug, ließen sich auch die anderen durch Worte nicht mehr bändigen. Wir konnten nichts tun und mussten mitansehen, wie sie, blind vor Hunger, den Menschen binnen kürzester Zeit jeden Tropfen Blut aussaugten.«

Bestürzt hielt ich mir die Hand vor den Mund. Während ich die Mitglieder des Hexenzirkels aufgeweckt hatte und darüber einige Zeit verstrichen war, musste es zu diesem Massaker gekommen sein.

»Das ist ja furchtbar!«, stieß ich entsetzt und atemlos hervor. Ich fühlte mich wie gelähmt.

Dann meldete sich Silas zu Wort, dessen Anwesenheit ich inzwischen beinahe vergessen hatte, da er sich so ruhig verhalten hatte, während ich mit den Mitgliedern des Hexenzirkels beriet. Vermutlich waren es die einzigen Wesen dieser Erde, denen er wirklich Respekt zollte.

»Die Vampire sind jetzt entfesselt und folgen ihren Urinstinkten. Los, Helena! Lass uns unverzüglich zu Rubina aufbrechen.«

Ich schloss die Augen und atmete tief durch. Kurz nannte ich Cleopha den Grund, aus dem ich sie eigentlich hergezaubert hatte.

»Cleopha, bitte informiere Lorenzo und Mila über unser Vorhaben«, sagte ich abschließend. Stockend und mit einem Kloß im Hals fügte ich hinzu: »Wenn es uns nicht gelingt, Rubinas schwarze Blütenblätter wieder anzubringen, werde ich schleunigst den Wald verlassen müssen, um meine Familie zu schützen. Sie ist in großer Gefahr. Unsere präparierten Brezen und der versprühte Weihrauch werden sie eine Weile schützen, aber nicht ewig.«

Tapfer nickte meine Feder, aber ich sah ihr an, wie traurig sie über meinen Entschluss war, den Wald nach einem etwaigen Fehlschlag zu verlassen.

»Noch ist nicht entschieden, wie dieser Tag endet«, funkte Silas dazwischen.

»Du hast recht«, erwiderte ich und der Kummer um die unschuldig gestorbenen Menschen und die Verantwortung gegenüber den Lebenden trieben mich an.

»Noch ist nichts entschieden!«

17. Kapitel

Auf demselben Weg wie beim letzten Mal gelangten Silas und ich in die verborgene und geschützte Zone des Walchensees. Wir wateten aus dem Wasser und ich sah bereits von Weitem, dass sich Harrison und die anderen grau verschleierten Gestalten um die kleine Insel versammelt hatten. Um sie herum kreisten am Himmel die Raben. Silas und ich gingen am Ufer entlang, bis wir zu der Stelle gelangten, an der der steinerne Weg übers Wasser anfing. Bevor ich meinen Fuß auf den ersten Stein setzte, wandte ich mich noch einmal an Silas.

»Drück mir die Daumen.«

»Das mache ich und du wirst es schaffen!«, erwiderte er und ich zog skeptisch meine Brauen zusammen.

»Ich frage mich immer noch, warum dir unser Erfolg so wichtig ist, Silas. Liegt es tatsächlich nur in unserer Freundschaft begründet oder steckt noch mehr dahinter?«

Als er Luft holte, um zu antworten, winkte ich ab.

»Wir können das später besprechen. Ich muss gehen.«

Entschlossen eilte ich über die aus den Fluten aufragenden die Steine. Am Ende des Weges empfingen mich die anderen Mitglieder des Zirkels, indem sie mir Platz machten und mich in ihren Kreis aufnahmen. Harrison ergriff das Wort.

»Flavia, du hattest damals die Schlüsselrolle inne bei der Entfaltung des Zaubers. Bitte führe Helena in das Geheimnis um die schwarze Rose ein und offenbare ihr den damit verbundenen Spruch.«

Die gespenstische mir gegenüberstehende Gestalt hob den Kopf in meine Richtung und nickte.

»Helena, du hast selbst schon einiges in Erfahrung gebracht über die schwarze Rose. Ich brauche nicht mehr viel zu ergänzen. Was jedoch für den bevorstehenden Zauber noch wichtig ist, ist das Wissen über die Blütenblätter. Ein jedes Blatt trägt in sich die Gründe, warum es abgefallen ist. Damit es wieder angebracht werden kann, darf es durch diese nicht mehr belastet werden. Das bedeutet, dass den Blättern die Erinnerungen genommen werden müssen.«

»Wird nur den Blättern die Erinnerung genommen oder wird damit ein Erlebnis auch im wahren Leben gelöscht? Ich meine zum Beispiel die Situation auf dem Herzogstand. Ist sie dann quasi nie passiert? Verfügt somit Andreas M. auch nicht mehr über Wissen darüber?«, hakte ich nach.

»Das liegt nun in deiner Hand, aber entscheide weise und bedacht. Natürlich ist es in dem von dir erwähnten Fall notwendig, dass das Ereignis für alle ungeschehen gemacht wird. Vergiss nur nicht, dass das seinen Preis fordern wird.«

Fragend blickte ich Flavia an.

»Erst der Sprung aus dem ewigen Moor hat Silas und dich hier an diesen Ort gebracht. Wenn es ihn, in der Erinnerung aller, nicht mehr gibt, wird es die folgenden Geschehnisse auch nicht geben. Beispielsweise euren Kräftetausch«, erklärte sie mir.

»Und in Silas' Körper wird wieder das Blut der primum maleficis fließen«, schlussfolgerte ich. Kopfschüttelnd wandte ich mich um und sah zu ihm ans Ufer.

»Deshalb ist er so erpicht darauf, dass sich die Wogen zwischen den Welten wieder glätten! Er wusste, dass er dadurch seine Kräfte wiedererlangen kann.«

Sicher sein konnte sich Silas nicht. Bevor du Wut in dir aufkei-

men lässt, höre mich an, wisperte es in meinen Gedanken. Rubina! Dem Blick von Harrison nach zu urteilen, konnten er und die anderen sie ebenfalls hören.

Flavia war mit ihren Erläuterungen noch nicht am Ende. Natürlich ist es weise, die Geschehnisse für alle ungeschehen zu machen. Es gibt aber noch einen entscheidenden Unterschied bei der Dosierung des Erinnerungsverlusts. Du kannst allen die Erinnerungen nehmen oder es differenzieren.

»Du meinst, dass zum Beispiel nur die Menschen alles vergessen, aber die Waldbewohner nicht?«

»Richtig«, antwortete Flavia an Rubinas Stelle.

»Wenn du wolltest, könntest du sogar jedes einzelne Erlebnis splitten und entscheiden, wer am Ende noch etwas darüber weiß, aber ich möchte ehrlich zu dir sein: Der Zauber ist mächtig und erfordert äußerste Konzentration. Da es nicht nur um ein abgefallenes Blatt geht, sondern um mehrere, wäre es leichter, wenn du eine allgemeingültige Entscheidung diesbezüglich treffen würdest.«

»Oje …«, seufzte ich und blickte nachdenklich in die Richtung von Silas. Er schlenderte am Ufer auf und ab. Es lag in meiner Hand, ob er wieder frei über seine vollständigen Kräfte verfügen konnte oder bis in alle Ewigkeit ein Vampir blieb. Diese Chance würde es nie wieder geben. Aber da gab es noch weitaus entscheidendere Folgen: Gäbe es das plötzliche Auftauchen von Silas und mir auf dem Herzogstand nicht, würde es auch nie das berühmt-berüchtigte Foto geben. Und gäbe es wiederum das nicht, nähme auch der Rest der Ereignisse nicht seinen Lauf und ich würde Irmgard nie besuchen. Das bedeutete, sie würde nach wie vor nicht wissen, wie es um mich stand. Ich schlug die Hände über dem Kopf zusammen. Oh Gott, war das kompliziert!

Nach einer kurzen Pause kam ich, unter Einbeziehung der Hinweise meines Hexenzirkels, zu folgendem Entschluss:

»Okay, ich fasse es noch einmal zusammen: Jedes vor uns liegende abgefallene Blatt hat einen oder mehrere gravierende Tribute gefordert. Jedes Geschehnis ist mit einer Erinnerung verknüpft, die den jeweiligen Menschen genommen wird. Das bedeutet, dass es beispielsweise den Zeitungsartikel nie geben wird, Andreas M. wieder sein gewohntes Leben führen und Irmgard sich nicht an jene Nacht mit mir in der Bäckerei erinnern wird. Da die neue Ausgabe des ›Söcheringer Tagblatts‹ nicht erschienen ist, wird auch die magische Grenze nicht schrumpfen. Die Vampire, die nach der erfolgreichen Beendigung des Zaubers noch leben, werden wieder im sicheren Wald Schutz finden. Alle Menschen oder übernatürlichen Wesen, deren Tod mit einem abgefallenen Blatt zusammenhängt, können jedoch trotz alledem nicht wiedererweckt werden, denn wer einmal stirbt, bleibt für immer tot. Und zu den Übernatürlichen, die im Wald leben – sie sollen die Erinnerung behalten.«

Ich ließ meinen Blick in Richtung des Ufers schweifen, bis ich an dem hängen blieb, was ich suchte. Silas.

»Silas!«, rief ich. Als er den Kopf hob, winkte ich ihn zu uns.

Als er uns erreichte, teilte ich ihm mit, wie die Entscheidung ausgefallen war. Mit seinem ewigen Pokerface nahm er es hin, dass die Übernatürlichen ihre Erinnerung behalten würden. Er wusste, was das für ihn bedeutete. Ein Vampir zu sein bis in alle Ewigkeit …

»Normalerweise wäre das dein Schicksal …«, begann ich. »… du hattest es verdient. Damals. Doch seither hat sich einiges geändert, vor allem seitdem wir auf seltsame Weise befreundet sind. Deine Tür stand für mich jederzeit offen und du hast nicht gezögert, mir zu helfen, als ich dich darum bat. Ich weiß, dass wahrscheinlich nicht jeder meine Entscheidung nachvollziehen kann, und hoffe, dass ich es an keinem Tag meines Lebens bereuen werde, dass ich dir deine alte Macht zurückgeben werde.«

Und dann geschah etwas, was noch nie passiert war und was ich vermutlich nie wieder erleben würde. Silas, der niemals eine Miene verzog oder Emotionen zeigte, entgleisten die Gesichtszüge.

»Wie bitte? Habe ich richtig gehört? Du … du willst wirklich, dass ich meine Zauberkraft zurückbekomme?«

Ich nickte und er stutzte.

»Aber wie soll das funktionieren, wenn ich wie die anderen meine Erinnerung behalte?«

»Wir werden dir deine Erinnerung nehmen, *bevor* sich der Zauber entfaltet und seinen Höhepunkt erreicht. Während wir ihn vollziehen, erlangst du deine Kräfte wieder, und sobald alles vorüber ist, wird die Gedächtnislücke geschlossen«, erklärte ich und fügte hinzu, dass er seiner Hexenkräfte natürlich erst wieder mächtig sein würde, nachdem es mir und den primum maleficis gelungen war, die Blätter wieder an ihre Plätze zu befördern.

»Helena«, mahnte Citrina, bevor Silas etwas darauf erwidern konnte. »Wir sollten uns nun auf den Zauber vorbereiten.«

Ich nickte und wandte mich wieder Silas zu.

»Geh ans Ufer und leg dich am besten auf den Boden. Wir fangen jetzt an.«

Er warf mir noch einen letzten langen Blick zu und ging dann zurück. Ich wartete, bis er sich niedergelegt hatte, ehe ich Flavia bat, mir den Zauberspruch zu verraten.

18. Kapitel

*N*igrum Rose et revirida in omni gloria ejus. Foliis exsurgat in te. Merke dir diese Worte. Präg sie dir in dein Gedächtnis ein und wiederhole sie mindestens dreimal hintereinander.«

Ich schloss die Augen und verinnerlichte den alles entscheidenden Zauberspruch. Jetzt kam es auf jede Kleinigkeit an. Jeder einzelne Buchstabe würde für den Erfolg oder Misserfolg ausschlaggebend sein.

»Bist du so weit?«, fragte Citrina, als ich die Lider wieder öffnete. Zögerlich warf ich einen Blick gen Himmel und dachte an meine Oma, von der ich mir wünschte, dass sie von der passiven Sphäre aus auf mich herabblickte.

Liebe Oma …, begann ich in Gedanken an sie zu sprechen, *… wo immer du auch bist. Bitte gib mir Kraft, dass ich es schaffe. Es hängt so vieles davon ab. Wie meine eigene Zukunft verläuft, ebenfalls …*

Ein warmer Wind wehte mir durchs Haar. Ehe der Hauch vorüber war, bildete ich mir ein, die Stimme meiner Oma zu hören.

Du schaffst das, liebste Helena. Ich glaube ganz fest an dich.

Der Klang ihrer Stimme verfehlte seine Wirkung nicht. Beruhigt, gestärkt und konzentriert wandte ich mich entschlossen an die anderen.

»Ich bin so weit. Es kann losgehen.«

Beinahe schon feierlich erhoben wir unsere Arme, bis sich die Handflächen der jeweils benachbart Stehenden berührten. Zu meiner Linken spürte ich Eliseis Hand und zu meiner Rechten die von Dacian. Ich blickte in die Runde, um zu prüfen, ob alle Handflächen in unserem Stehkreis aufeinanderlagen. Anschließend gab ich das Startsignal für den Zauber. Wir begannen synchron den Spruch aufzusagen. Zunächst langsam und leise sprachen wir im Chor die Worte aus, ehe wir immer lauter wurden. Unsere Energie bündelte sich und die fünf Blätter erhoben sich leuchtend von der Erde. Sie schwebten vor uns und ich fixierte das in der Mitte. Der Zauber war stabil. Jetzt wurde es spannend, denn meine Hexenfreunde hatten mir verraten, dass ich im Verlauf des Zaubers die Möglichkeit hatte, zwischen den Welten zu verweilen. Ich blickte zu Harrison und er nickte mir zu. Es war so weit. Ich schloss die Augen. Während ich mich weiter auf das Aufsagen des Spruchs konzentrierte, fühlten sich meine Lider immer schwerer an. Schwerer und schwerer. Ich spürte, wie ich im tiefen Schwarz um mich herum versank. Bald nahm ich meine eigene Stimme und die der anderen nur noch entfernt wahr.

Plötzlich mischten sich unter das Schwarz verschiedene Blautöne. Es wurde heller und nach und nach konnte ich meine Umgebung erkennen. Ich schwebte über den Dächern meines Heimatdorfes. Eine friedvolle winterliche und nächtliche Stille lag über ihnen. Die Häuser und Gärten waren mit weihnachtlichen Lichtern geschmückt, die das Dunkel ein wenig erhellten. Ohne es zu beeinflussen, steuerte ich zunächst das Zimmer von Irmgard an. Wie von Geisterhand geführt fand ich mich vor ihrem Bett wieder. Sie schlief tief und fest wie auch in jener Nacht, als ich sie vor Kurzem mit meinem Besuch überrascht hatte.

»Hallo, Irmgard«, begann ich und kniete vor ihrem Bett nieder. Ihr Atmen geriet für einen Moment aus dem gleichmäßigen Takt, doch es dauerte nicht lange und sie schlief seelenruhig weiter.

»Ich habe nicht viel Zeit, aber ich bin trotzdem dankbar, dass ich dich noch ein letztes Mal sehen darf. Wenn du morgen früh aufwachst und dieser Zauber funktioniert hat, wirst du vergessen haben, dass du mich getroffen hast. Dieses Opfer muss ich bringen, denn ich muss mich für ein Leben entscheiden: das Leben als Hexe im Wald oder als ein Wesen in der Menschenwelt, das schon lange nicht mehr dorthin gehört. Sosehr ich auch meine Heimat vermisse, ein Leben hier wäre mittlerweile undenkbar. Ich altere nicht, was bedeutet, dass ich nicht lange unter euch bleiben könnte, ohne aufzufallen. Bis in alle Ewigkeit müsste ich versteckt bleiben und ihr müsstet zeit eures Lebens die anderen Menschen über meinen Verbleib belügen. Es ist das Beste für alle, wenn ich nicht wieder in mein vergangenes Leben zurückkehre und mit den Jahren in Vergessenheit gerate. Nach diesem Zauber werde ich einzig und allein noch meine Familie besuchen können. Sie weiß über alles Bescheid ...«

Ich spürte, wie etwas von mir Macht ergriff. Es würde nicht lange dauern und die Magie würde mich von diesem Ort fortbringen, deshalb kam ich auf den Punkt.

»Liebe Irmgard, ich wünsche dir, dass die Trauer um mich ein Ende hat und du gestärkt in eine vielversprechende Zukunft startest. In unseren Herzen sind wir durch unsere Freundschaft für immer verbunden. Ich werde dich und die wunderbaren Abenteuer, die wir erlebt haben, die vielen philosophischen Gespräche, die wir geführt haben, und unsere gemeinsame Zeit niemals vergessen. Ich danke dir für alles. Versprich mir, dass du auf dich Acht gibst.«

Als ich das letzte Wort aussprach, zog mich auch schon etwas von ihr fort. Schweren Herzens gab ich mich dem

Strudel hin. Das Letzte, was ich sah, war, wie sie sich im Schlaf von der einen Seite auf die andere wälzte …

Als Nächstes fand ich mich in den Räumlichkeiten des »Söcheringer Tagblatts« wieder. Am Ende des Flurs drang ein schwaches Licht aus einem Raum. »Andreas M.« stand auf einem Namensschild neben der Tür. Ich ging hinein und fand Andreas schlafend auf dem Bürostuhl vor. Vor ihm auf dem Schreibtisch lag die neue Ausgabe der Zeitung – mit mir auf dem Titelbild. Mithilfe der Gabe der primum maleficis konnte ich herausfinden, was seine Beweggründe waren, diesen Artikel zu veröffentlichen. Er beabsichtigte nicht, irgendjemandem Schaden zuzufügen, denn er hatte nicht die geringste Ahnung, was er mit diesem Bericht anrichten würde. Vielmehr ging es ihm um seine eigene berufliche Zukunft.

»Du brauchst diesen Artikel für dein Fortkommen nicht«, begann ich und nahm die Zeitung in die Hand, ehe sie konfettiartig verpuffte.

»Du bist ein großartiger Journalist. Du hast Talent. Trau dich und bewirb dich woanders. Wenn du morgen früh erwachst, wird deine Seele anstelle von Leere mit Mut gefüllt sein. Ich bin sicher, du wirst so erfolgreich werden, wie du es dir erträumt hast. Auch ohne dieses berühmte Foto. Machs gut, lieber Andreas.«

Einen Wimpernschlag später stand ich am Ufer des Walchensees. Silas lag zu meinen Füßen auf der Uferböschung.

»Ich nehme dir jetzt deine Erinnerung. Möge der Zauber gelingen und du wieder deiner Hexenkräfte mächtig sein.«

Ich kniete mich neben ihn und strich ihm mit dem Handrücken von der Stirn bis zur Stelle seines Herzens.

Augenblicklich wurde sein Körper von einer energetischen Welle durchflutet. Ich stand auf und seine Augen blieben geschlossen.

»Ich hoffe, dass alles gut geht, Silas. Für dich, für mich und für alle anderen.«

Ich blickte auf den See und sah in der Ferne auf den Kreis der primum maleficis, der sich um die schwarze Rose gebildet hatte. Mitten unter ihnen erkannte ich in der Runde des Hexenzirkels auch mich selbst. Ein Teil meiner Aufgabe war erfüllt, nun musste ich in meinen Körper zurückkehren. Ich fokussierte mich und schloss meine Lider. Sie wurden schwer, bis es unmöglich war, sie zu heben. Es dauerte nicht lange und ich wurde wie eine Feder im Wind fortgetragen, bis meine Seele wieder ihren Platz in ihrer Hülle fand ...

»*Nigrum Rose et revirida in omni gloria ejus. Foliis exsurgat in te.*« Ich vernahm die Worte des Zauberspruchs nun wieder klar und deutlich. Ich übernahm wieder die Kontrolle über meine Stimme und sprach die Worte bewusst mit. Mit klopfendem Herzen öffnete ich die Augen, um zu sehen, ob der Zauber erfolgreich war. Die schwarzen Blätter wirbelten vor uns durcheinander. Jahreszahlen und verschwommene Bilder, die bewegten Fotos glichen, rieselten aus ihnen herab und zerplatzen wie Seifenblasen, als sie den Boden berührten. Ihre Erinnerungen wurden gelöscht. Rubinas Blütenkopf erhob sich. Würden die Blätter den Weg zu ihrem Platz finden?

Blatt für Blatt bahnte sich seinen Weg zu Rubinas Blütenkopf. Alle fünf schwebten abwartend um ihn herum. Nach einer gefühlten Ewigkeit löste sich das erste und fand erfolgreich zurück zu seinem Platz. Mit angehaltenem Atem verfolgte ich, wie die weiteren drei Blätter sich wieder mit den anderen vereinten. Nun war das letzte an der Reihe. Es flog an den oberen Blütenrand. Wie in einer Art Zeitraffer gesellte es sich zu den anderen. Geschafft. Augenblicklich spürte ich, wie meine einstige Energie zurückkehrte. Ich fühlte mich belebt und wach und nicht mehr so matt wie in den vergangenen Tagen.

Wir hatten es GESCHAFFT!

Wir beendeten vereint den Zauber und vor lauter Glück lachte ich und konnte gleichzeitig nicht aufhören zu weinen.

Es ist vollbracht, wisperte Rubina in meinem Kopf. *Die Waage zwischen den Übernatürlichen und den Menschen ist wieder im Gleichgewicht.*

»Ohne unsere vereinten Kräfte wäre das nicht möglich gewesen. Danke für eure bedingungslose Hilfe!« Ich verneigte mich vor allen Mitgliedern des Hexenzirkels.

19. Kapitel

Die primum maleficis kehrten wieder zurück in ihr unendliches Grab. Ich verabschiedete mich von Rubina und lief zu Silas ans Ufer. Er rappelte sich gerade vom Boden auf.

Völlig außer Atem kam ich bei ihm an.

»Es hat funktioniert!«

Noch bevor er antworten konnte und wusste, wie ihm geschah, packte ich ihn am Ärmel und zog ihn ins Wasser.

»Los, komm, lass uns in den Wald zurückkehren. Ich kann es kaum erwarten, Lorenzo und die anderen zu sehen, und du kannst ausprobieren, ob du wieder hexen kannst.«

Ich war wirklich begierig darauf, wieder zu Hause zu sein. Und zum ersten Mal, seit ich im Wald lebte, fühlte sich das Ankommen dort auch so richtig wie Heimkommen an.

Als wir in unsere Welt zurückkehrten und ich aus dem Grab tauchte, fühlte ich mich stärker als je zuvor. Silas hielt mir seine Hand hin und half mir auf die Beine. Mit funkelnden Augen sah er mich an. Es war jedoch kein unheimliches und angsteinflößendes Funkeln, sondern vielmehr ein erwartungsvolles.

»Los, sprich einen Zauber«, forderte ich ihn lächelnd auf, denn ich spürte seinen Drang, das Wiedererlangen seiner Kräfte zu testen.

»Wünsch dir was«, entgegnete er mir. Grübelnd ging ich in mich, und bevor mir auf die Schnelle etwas Spektakuläres einfiel, entschied mein knurrender Bauch für mich.

»Eine Pizza!«

Einen Wimpernschlag später hielt ich ein herrlich duftendes Stück Schinkenpizza in der Hand.

»Ich kann tatsächlich wieder zaubern«, flüsterte Silas und starrte ungläubig auf meine Pizza.

»Hast du etwa an mir gezweifelt?«, fragte ich scherzhaft und biss genüsslich in mein Lieblingsessen.

Er schüttelte den Kopf.

»Als ich ins ewige Moor verbannt wurde, wollte ich nicht wahrhaben, dass das mein Ende sein sollte. Trotzdem habe ich niemals damit gerechnet, dass ich jemals wieder frei sein werde *und* wieder über meine einstigen Zauberkräfte verfügen kann. Ich weiß nicht, wie ich dir jemals dafür danken soll, Helena.«

Nachdenklich sah ich ihn an, ehe ich antwortete.

»Dank es mir damit, dass du mich nicht enttäuschst. Ich fliege jetzt zu den anderen. Kommst du mit?«

Silas nickte. Er zauberte uns vor die Höhle, wir hexten unsere Besen herbei und erhoben uns in die Lüfte. Über die Baumkronen zu fliegen, den Blick über das magische Tal schweifen zu lassen und uns alle in Sicherheit zu wissen, war ein unglaubliches Gefühl. Bereits nach kurzer Flugzeit steuerten wir den eisblauen See an. Schon aus der Höhe sahen wir die vielen Wesen, die sich dort versammelt hatten und uns freudig erwarteten. Jubel schlug mir, aber auch Silas, von den Umstehenden entgegen. Silas war seit jeher ein gefürchteter Vampir, aber das zählte an diesem Tag nicht, denn jeder Einzelne im übernatürlichen Königreich wusste, dass auch er einen entscheidenden Beitrag dazu geleistet hatte, dass unsere Welt sich wie gewohnt weiterdrehen konnte.

»Helena!«, frohlockte Lorenzo und bahnte sich einen Weg zu mir. Ich ließ meinen Besen fallen, er löste sich in Luft auf und ich fiel Lorenzo in die Arme.

»Ich bin so froh, dass du wieder hier bist«, flüsterte er mir zu.

»Ich auch.«

Ich löste mich aus seiner Umarmung und betrachtete ihn liebevoll. Dann bemerkte ich, dass die anderen Waldbewohner sich um uns versammelt hatten.

»Ich bin wirklich glücklich, dass ich wieder da bin, wo inzwischen mein fester Platz ist. Bei euch«, fing ich an und rundherum wurde es still. Alle hörten mir zu.

»Wie ihr wisst, habe ich oft mit meinem Schicksal, eine Hexe des Waldes zu sein, gehadert. Es ist noch nicht allzu lange her, da überkam mich bei einem Besuch in meinem Dorf wieder ein Anflug von Heimweh. Dass ich mich dort nicht mehr frei bewegen kann, gab mir in den letzten Jahren manchmal das Gefühl, hier eingesperrt zu sein. Jedoch hat sich das nun gewandelt. In den vergangenen Stunden stand ich vor einer schwerwiegenden und endgültigen Entscheidung: Entweder ich verlasse den Wald, für immer, oder ich bleibe. Wisst ihr, seit klar war, warum ich den Wald nicht mehr verlassen kann, wusste ich, dass meine äußere Hülle definitiv hierhergehört und in der Menschenwelt nichts mehr verloren hat. Aber was sich in meinem Inneren verbirgt, mein Herz, war in meinem Dorf stark verwurzelt. Es konnte nicht einfach umgetopft werden. Es musste sich langsam und mit der Zeit lösen und von selbst neue Wurzeln schlagen. Ich habe erkannt, dass es nun geschehen ist: Ich fühle mich hier zu Hause. Ihr alle seid meine Familie geworden und ich könnte mir ein Leben ohne euch nicht mehr vorstellen. Wir haben gezeigt, dass wir alle zusammenhalten, wenn es darauf ankommt. Die Guten und die Bösen, denn in solchen Momenten sind wir alle gleichgestellt. Vereint konnten wir das Gleichgewicht zwischen der übernatürlichen und der menschlichen Welt wiederherstellen. Jeder hat auf seine Weise einen Teil dazu beigetragen. Leider konnten wir aber nicht alle Wesen vor den Konsequenzen bewahren. Hilflose Menschen, die Opfer von panischen Vampiren geworden sind, haben ihr Leben verloren. Ich weiß, dass ihr die Menschen aus gutem Grund nicht mögt, aber das haben sie nicht verdient. Es waren unschuldige Menschen, die wahrscheinlich gerade ihren Urlaub in der Gegend verbrachten. Es ist keine Entschuldigung und es macht auch niemanden mehr lebendig, aber es war eine Ausnahmesituation, die wir nicht mehr ungeschehen machen können. Lasst uns aller gedenken, die ihr Leben verloren haben. Dennoch müssen wir dankbar sein, dass wir eine Katastrophe von noch viel gewaltigerem Ausmaß verhindern konnten und fortan unser magisches Leben wieder unbeschwert genießen können.«

20. Kapitel

Der zuvor finstere Himmel war unterdessen weitgehend aufgeklart. Mit jeder weiteren dunklen Wolke, die über dem übernatürlichen Königreich für immer verschwand, wurde die Stimmung unter den Feiernden freudiger. Die Feen und Elfen mixten als Gastgeber unter Milas Anleitung verschiedenste bezaubernde Getränke und boten sie den Übernatürlichen an. Viele Wesen bezeugten mir persönlich ihre Freude, dass es gelungen war, die Gefahr zu bannen. Nach einer Weile zogen Lorenzo und ich uns aus dem Getümmel zurück. Wir bahnten uns den Weg zu einem etwas entfernt stehenden Baum, in dessen Ästen eine Schaukel befestigt war. Kaum hatten wir es uns in deren weichen Polstern bequem gemacht, sah ich von Weitem Cleopha auf uns zufliegen. Ich beugte mich zu Lorenzo, um die lebhafte Musik zu übertönen, die aus allen Ecken und Winkeln des Feengartens zu uns drang.

»Schau nur, da ist endlich Cleopha! Ich habe sie nach unserer Rettung noch gar nicht persönlich begrüßen können.«

Erfreut erhob ich mich und winkte ihr zu. Ich kniff die Brauen zusammen. Die magische Feder sah nämlich alles andere als froh aus.

»Da stimmt was nicht!« Alarmiert zupfte ich Lorenzo am Ärmel. Er stand ebenfalls auf und wir empfingen die Feder. Als sie uns erreichte, verstummte zeitgleich die Musik, und Unruhe verbreitete sich unter den Waldbewohnern.

»Was ist passiert?«, wollte ich mit fester Stimme wissen.

»Unsere Kontrollposten haben am Waldrand eine Vampirfrau entdeckt, die verwirrt umherirrte. Sie haben sie eingefangen und hergebracht. Ich habe sie ...«, begann atemlos Cleopha, aber Lorenzo unterbrach sie.

»Wie kann das sein? Ich habe mit eigenen Augen gesehen, dass die achtzehn entwichenen Vampire wieder sicher und unversehrt in den Wald zurückgekehrt sind.«

»Es ist auch niemand von ihnen«, bekräftigte Cleopha und schwebte an meine Seite. Wie auf ein Zeichen spaltete sich die Menge und gab die Sicht frei auf die besagte Vampirfrau. Zitternd, verschreckt und verängstigt bot sie etwa zehn Meter von uns entfernt einen kläglichen Anblick. Ich war wie vom Donner gerührt, als ich in ihr Gesicht sah und sich unsere Blicke trafen. Bisher hatte ich die zwei Welten strikt voneinander getrennt: den Wald, der voller Magie steckte, und den Rest, mein Zuhause, in dem Normalität herrschte. Doch nun vermischten sie sich. Denn dort stand jemand, der nicht in diese Welt gehörte.

Sophia.

Meine Tante Sophia war hier. Das konnte nichts Gutes bedeuten.

Schockiert riss ich die Augen auf. Dann fasste ich mich notdürftig und eilte zu ihr.

»Oh ... mein ... Gott ...! Was ist geschehen?«, fragte ich sie und hielt mir die Hand vor den Mund. In Sophias Augen sammelten sich Tränen. Sie hob ihr halblanges Haar an und gab die Sicht auf ihren Hals frei, der blutüberströmt war. Da ahnte ich bereits Unheilvolles.

Mit brüchiger Stimme begann Sophia zu erzählen.

»Ich war im Büro, als ich Schreie hörte. Ich sah aus dem Fenster und konnte meinen Augen kaum trauen. Mein schlimmster Albtraum wurde wahr. Vampire, die über eine Reisegruppe aus unserem Hotel herfielen. Ich drückte den Notrufknopf, um Hilfe zu holen, und rannte hinaus.

Ich wollte Leopold finden, denn er hat an diesem Tag die Gruppe geführt, weil unser Reiseleiter kurzfristig ausgefallen ist.«

Sophia fing verzweifelt an zu weinen.

»Ich konnte ihn nirgends entdecken, und ehe ich mich's versah, wurde so ein Monster auf mich aufmerksam. In einer Geschwindigkeit, die ich mir nicht vorstellen konnte, kam es auf mich zu und ich spürte die spitzen Zähne in meinem Hals. Ich erinnere mich an den lähmenden Schmerz, danach wurde es schwarz um mich. Das Nächste, was ich weiß, ist, dass ich am Waldrand erwachte. Ich wollte aufstehen und zum Hotel zurücklaufen, aber ich fühlte, dass etwas an mir anders war. Dass *ich* anders war.«

Sie war gebissen worden. Die Verwandlung hatte begonnen, weshalb sie der Zauber auch in den Wald versetzt hatte. Sophia wurde unaufhaltsam zu einem Vampir.

»Das ist ja furchtbar«, brachte ich gerade noch so hervor. In meinem Kopf schwirrten tausend Gedanken, einer stach jedoch unter allen heraus und ich sprach ihn tonlos aus: »Glaubst du, Leopold ist tot?«

Mein Hals war staubtrocken.

»Ich weiß es nicht«, antwortete Sophia und schluchzte erneut los. Ich nahm sie in den Arm.

Lorenzo, Mila und Cleopha umringten uns und sprachen tröstende Worte. Wenn Leopold wirklich diese Gruppe begleitet hatte, standen seine Chancen sehr schlecht. Ich löste mich aus der Umarmung.

»Als Erstes müssen wir herausfinden, ob er eventuell überlebt hat«, begann ich.

»Ich werde mithilfe des Visionszaubers das Hotelgelände absuchen.«

»Ich begleite dich selbstverständlich«, erwiderte Lorenzo.

»Ich weiß dein Angebot zu schätzen, aber das ist zu gefährlich. Wenn wir zu meiner Familie reisen, ist das etwas anderes, aber dort in der Vampirischen Region weiß niemand von unserer Existenz. Die Sicherheitsvorkehrungen nach dem Vorfall sind gewiss äußerst hoch. Ich kenne mich dort aus und kann mich allein unbemerkt fortbewegen. Bitte bleib hier bei Sophia und stehe ihr zur Seite, wenn der Verwandlungsprozess voranschreitet«, bat ich ihn daraufhin. Es tat mir leid, dass wir uns schon wieder trennen mussten, aber es ging wirklich nicht anders. Allein schon wegen Sophia. Diese Welt war ihr völlig neu und fremd. Wir konnten in dieser Situation keinen unbekannten Übernatürlichen bitten, ihr beizustehen. Da ich nicht wusste, wie die Verwandlung bei Vampiren ablief, wollte ich auch nicht, dass Mila, klein und zart, wie sie war, die volle Verantwortung für das Wohlergehen von Sophia übernehmen musste. Lorenzo verstand es.

»Das stimmt. Daran habe ich nicht gedacht. Ich werde hierbleiben.«

»Aber ich kann dich begleiten«, meldete sich Cleopha zu Wort.

»Das ist eine gute Idee. Cleopha kann sich aufgrund ihrer Größe und Anpassungsfähigkeit im Notfall überall verstecken«, meinte Mila und wir stimmten ihr zu.

»Los, komm, Cleopha. Machen wir uns auf den Weg. Ich muss schleunigst herausfinden, was mit Leopold geschehen ist!«

Danach ging alles sehr schnell. Wir verließen die Feier und ich sprach den Visionszauber, der uns nach Villa Anna brachte. Als ich die Augen öffnete, befanden wir uns im hinteren Bereich des Hotelgeländes. Ich schlich an der Mauer entlang, dicht hinter mir flog Cleopha. Es war vorteilhaft, dass es bereits dunkel war, so konnte uns im Notfall niemand auf den ersten Blick erkennen.

»Wir müssen um die Ecke des Hauses biegen. Von dort aus können wir einen Blick auf den Schauplatz des grausamen Geschehens werfen«, flüsterte ich ihr leise zu. Wenige Schritte später endete die Hausmauer und ich spähte um die Ecke.

»Was siehst du?«, wollte Cleopha wissen.

»Das betroffene Waldstück wird mit Scheinwerfern hell erleuchtet. Blaublinkende Lichter von Polizei- und Rettungsdiensten irrlichtern geisterhaft zwischen den Bäumen. Viele Menschen eilen geschäftig von einem Ort zum anderen. Einige tragen weiße Anzüge. Wahrscheinlich die Leute von der Spurensicherung. Andere machen sich Notizen, fotografieren die Stelle oder heben mit Handschuhen etwas vom Boden auf und verwahren es in durchsichtigen kleinen Tüten«, berichtete ich und folgte gebannt dem Geschehen.

»Sind noch …?«, begann Cleopha zögerlich. »Sind … also die Leichen, sind sie noch dort?«

Ich wagte mich einen Schritt weiter vor und versuchte Genaueres zu erkennen.

»Hm … Nein. Auf dem Boden liegen keine Toten mehr. Es sieht so aus, als hätte man sie bereits weggebracht.«

»Was machen wir jetzt?«, fragte Cleopha.

»Wir verschaffen uns Zugang zum Hotel«, sagte ich schnell. Ich wandte mich um, wollte den Rückweg antreten und stieß dabei mit jemandem zusammen. Als ich aufsah, blickte ich in das überraschte Gesicht von Leopold. Wir hatten ihn nicht gehört und umkehrt hatte er nicht mit uns gerechnet. Vor Schreck kreischten wir alle drei gleichzeitig los.

»Helena? Bist du das?«

»Leopold! Du lebst!«

Ehe wir's uns versahen, wurde Leopolds Gesicht von einer Taschenlampe beleuchtet.

»Signore, ist alles in Ordnung?«

Ich stand wie versteinert mit dem Rücken zu der männlichen Person, die herbeigeeilt war und mich und Leopold beieinanderstehen sah. Vermutlich ein italienischer Carabinieri, der unsere Schreie gehört hatte und nach dem Vorfall besonders hellhörig war …

21. Kapitel

Leopold konnte seine Anspannung nicht verbergen. Er durfte nichts Falsches sagen. Es gab keine Möglichkeit für mich, der Situation zu entkommen. Mein Herz pochte wild. Alles hing davon ab, was mein Onkel jetzt sagte. Cleopha schwebte so dicht an meinem Körper, dass der Mann sie nicht sehen konnte.

»Entschuldigen Sie, die junge Dame hat den Hoteleingang nicht sofort gefunden. Etwas streifte auf der Suche ihren Fuß, womöglich eine Maus. Sie ist erschrocken. Kein Wunder, durch den schrecklichen Vorfall sind wir alle sehr schreckhaft.«

Der Mann schaltete die Taschenlampe aus und ich hielt den Atem an.

»Ja, das ist wirklich schrecklich. Sie sind der Hotelbesitzer, nicht wahr? Die Kollegen hätten da noch ein paar Fragen an Sie. Können Sie gleich mitkommen oder möchten Sie später auf der Dienststelle aussagen?«

»Ich kann gleich mitkommen«, antwortete Leopold schnell und wandte sich an mich.

»Frau ... äh, Schneider. Den Hintereingang habe ich Ihnen ja gerade gezeigt. Sie können ihn benutzen.«

Ich nickte.

»Ja, danke«, antwortete ich und bemühte mich, meine Stimme zu verstellen. Ich beeilte mich zu gehen und auch Leopold verschwand mit dem Mann. Als sie außer Sichtweite waren, wagte ich wieder normal zu atmen.

»Puh! Das war knapp«, sagte ich leise zu meiner Feder.

»Leopold wird eine Weile beschäftigt sein«, vermutete Cleopha.

»Wir sollten sicherheitshalber solange wieder in den Wald gehen, oder?«

Ich nickte zustimmend.

»Ja, dann können wir Sophia, Lorenzo und Mila darüber informieren, dass Leopold noch lebt und sie sich keine Sorgen machen brauchen.«

Ich forderte meine Feder auf, die Augen zu schließen, tat es selbst und begann sogleich mit dem Zauber. Die Reise fühlte sich jedoch ganz anders an als sonst. Verwirrt öffnete ich nach einer Weile die Augen. Wir standen am Waldrand. Außerhalb des magischen Bandes. Ich streckte die Hände aus und stieß auf etwas Unsichtbares. Es fühlte sich an wie Glas. Als würde der Wald mit einer Glaswand ummantelt sein. Panisch tastete ich mich an der unsichtbaren Wand entlang. Ich fand kein Schlupfloch. Die Wand war undurchdringlich!

»Cleopha! Wir kommen nicht mehr in den Wald hinein!«

Meine Feder flog aufgeregt am Waldrand entlang und suchte nach einer Lücke. Schließlich stimmte sie mir zu. Verzweifelt setzte ich mich auf den Boden und kämpfte mit den Tränen.

»Ich kann den Visionszauber nicht noch einmal heraufbeschwören. Andernfalls würde das als Hexerei außerhalb des Waldes gelten und Rubina würde wieder ein Blatt verlieren. Wir sitzen hier fest, Cleopha, und ich habe nicht die geringste Ahnung warum. Ich weiß nicht, ob wir jemals wieder in den Wald zurückkehren können.«

Tröstend ließ sich Cleopha auf meiner Schulter nieder und strich mir mit ihrem Flaum übers Gesicht.

»Gerade habe ich Lorenzo und den anderen noch versichert, dass ich mich im Wald zu Hause fühle, und jetzt komme ich nicht mehr zu ihnen zurück!«

»Ich verstehe auch nicht, was hier vor sich geht«, murmelte Cleopha. Sie konzentrierte sich und blickte sich suchend um.

»Gibt es dein Zimmer im Hotel eigentlich noch?«, fragte sie schließlich.

»Ich denke schon, warum?«

»Wir sollten uns lieber dort verstecken. Hier draußen ist es für uns zu gefährlich. Die Polizisten und Sicherheitsbeauftragten wissen nicht, dass die Vampire den Menschen nichts mehr anhaben können. Bestimmt werden sie das Gebiet weiträumig bewachen.«

»Du hast recht«, stimmte ich ihr zu.

»Wir sollten von hier verschwinden und uns woanders den Kopf zerbrechen.«

Wir schafften es, unbemerkt ins Hotel zu gelangen, und tatsächlich war mein Zimmerschlüssel noch an derselben Stelle wie damals versteckt. Es war ein seltsames Gefühl, wieder hier zu sein. Alles war noch so vertraut. Auf der einen Seite kam es mir vor, als wäre ich nie weg gewesen, auf der anderen fühlte sich die Zeit, die ich hier verbracht hatte, so unendlich weit entfernt an.

»Das Zimmer ist noch unverändert«, stellte ich fest, als ich den Raum aufsperrte und mich umsah. Um möglichst wenig Licht zu verbreiten, schalteten wir nur das spärliche Nachtlicht ein. Ich ließ mich auf die weiche Matratze des Bettes fallen und Cleopha suchte sich neben mir auf dem Kopfkissen einen Platz.

»In welchem Schlamassel stecken wir denn nun schon wieder?«, sagte ich eher zu mir selbst. Cleopha und ich sahen uns an und lachten. Es war zwar mehr ein hysterisches Lachen, aber immerhin war Lachen besser als Weinen, denn das würde uns auch nicht weiterhelfen.

»Helena, so verzwickt unsere Lage auch ist, aber heute

können wir nichts mehr ausrichten«, meinte Cleopha und schmiegte sich in das weiche Kissen.

»Stimmt, aber bevor wir schlafen, sollten wir ausprobieren, ob wir mithilfe deiner besonderen Fähigkeit wenigstens eine Nachricht an Lorenzo übermitteln können.«

Es dauerte nicht lange und ich hielt das Buch in meinen Händen. Das schien schon einmal zu funktionieren. Ich klappte es auf, der vertraute feine, glitzernde Luftschleier stieg auf und Buchstaben begannen auf wundersame Weise über der aufgeschlagenen Seite zu tanzen. Cleopha reihte sich unter sie ein. Ein weiteres Mal wurden die Buchstaben durcheinandergewirbelt, ehe sie in ihr verschwanden und sie zu schreiben anfing.

Lieber Lorenzo, das Wichtigste zuerst: Leopold lebt. Ich habe ihn getroffen. Wir müssen heute in Villa Anna übernachten. Der Visionszauber will mir einfach nicht gelingen. Wir konnten uns nicht mehr durch die Grenze zaubern. Hast du eine Idee, woran das liegen könnte?

Gebannt schauten wir auf die geschriebenen Wörter. Würden sie verschwinden und Lorenzo die Botschaft übermitteln?

»Die Sätze verblassen nicht«, sagte ich nach einer Weile frustriert.

»Ich spüre, dass es Übermittlungsverzögerungen gibt«, meinte Cleopha konzentriert.

»Aber die Nachricht wird ankommen.«

Wir warteten noch eine gefühlte Ewigkeit und – endlich – nach einigen ungewohnt langen Minuten verschwanden die Buchstaben. Die Antwort kam noch in der Nacht, doch das nahmen wir nicht mehr wahr, da wir zuvor todmüde in einen traumlosen Schlaf gefallen waren …

»Hatschi!« In den frühen Morgenstunden weckte mein Niesen Cleopha und mich auf. Der Flaum meiner Feder hatte meine Nase gekitzelt.

»Guten Morgen, Helena!«, Cleopha reckte sich und war sogleich hellwach. Gähnend entbot ich ihr ebenfalls meinen Morgengruß. Cleopha glitt vom Bett und schwebte zum Nachtkästchen. Sie entnahm ihm das Buch und klappte es auf.

»Lorenzo hat geantwortet, aber es wird noch eine Weile dauern, bis wir seine Nachricht lesen können.«

»Okay. Ich werde unterdessen Leopold anrufen«, erwiderte ich, während ich mich aus der Bettdecke schälte. Ich ging hinüber zum Schreibtisch. Dort stand wie schon zu meiner Praktikantenzeit immer noch ein Telefon. Ich wählte die Nummer von Leopolds Handy. Nach dem dritten Freizeichen hob er ab.

»Von Bayersberg?«

»Leopold, erschrick nicht. Ich bin es, Helena. Ich bin hier im Hotel in meinem einstigen Zimmer. Kannst du bitte zu mir kommen?«

»Ich bin sofort da«, versicherte er, und tatsächlich ließ er nicht lange auf sich warten. Binnen Kurzem stand Leopold, der smarte Hotelier, im Türrahmen. Er trug eine schwarze Anzughose und ein elegant wirkendes Hemd dazu.

»Jetzt lass dich erst mal umarmen, meine liebe Nichte«, begrüßte er mich und drückte mich an sich. Er schob mich von sich und beäugte mich mit besorgter Miene.

»Das verheißt nichts Gutes, wenn du am helllichten Tag hierherkommst. Du hast bestimmt von dem gestrigen Vampirangriff gehört, oder? Vielleicht weiß Sophia schon mehr darüber«, meinte er, und als ich fragend meine Brauen hob, fügte er hinzu: »Ja, ich habe sie seit dem Vorfall nicht mehr gesehen. Heute Nacht war so viel los. Ich kann sie auch nicht erreichen. Ich nehme an, Sophia wird, als Miteigentümerin des Hotels, bei der Polizei einiges zu klären haben. Gewiss muss sie angeben, wer unter den Hotelgästen den Vampiren zum Opfer gefallen ist, und muss helfen, die Angehörigen ausfindig zu machen. Ich ...«

»Warte, Leopold«, unterbrach ich ihn. Er war auf der völlig falschen Fährte. »Setz dich am besten hin. Ich muss dir was erzählen ...«

22. Kapitel

Ungläubig starrte mich Leopold an, als ich meinen Bericht über Sophias Schicksal und über unser überraschendes Zusammentreffen im Wald beendet hatte.

»Sie ist ein Vampir?«, brachte er mühsam hervor.

Ich schluckte. »Ja. Ich weiß, das muss ein Schock für dich sein, aber das Wichtigste ist doch, dass ihr beide den Angriff überlebt habt, nicht wahr? Der Tod wäre wahrlich schlimmer. Wir dachten zunächst, dass du auch von den Vampiren getötet worden bist. Du warst doch bei der Reisegruppe, als es passiert ist, erzählte Sophia. Sag, wie konntest du entkommen?«

Leopold berichtete, dass er großes Glück gehabt hatte. Er hatte tatsächlich die Führung der Tour übernommen, als der eigens dafür angestellte Reiseleiter überraschend ausfiel.

»Sophia und ich wollten den Gästen nicht absagen. Mir fehlte allerdings gestern Abend neben der Erfahrung auch einiges an Zubehör für diese Tour. Als ich mich mit den Gästen am Waldrand versammelt hatte, stellte ich fest, dass ich den Anzünder für die Fackeln vergessen hatte. Ich eilte zum Hotel zurück, und während ich in den Lagerräumen danach suchte, passierte das Unglück. Als ich aus dem Lager kam, waren die Vampire schon wieder fort.«

»Oh Gott, Leopold! Wärst du nur wenige Sekunden später vom Waldrand fortgegangen, hätte es dich auch erwischt. Ich darf gar nicht daran denken«, sagte ich schaudernd.

»Wahrscheinlich lief Sophia, die den Angriff mitbekommen hat, in derselben Zeit hinaus aus dem Hotel, als du reinliefst«, fasste Cleopha zusammen.

»Ja, so war's offenbar«, stimmte ich zu.

»Ihr habt euch genau in diesem Moment verpasst.«

»Weiß Sophia, dass ich es überlebt habe?«, wollte Leopold wissen und Cleopha erklärte ihm, dass wir ihr mithilfe ihrer Federmagie die Botschaft übermittelt hatten.

»Wie soll es jetzt weitergehen?«, seufzte mein Onkel und fuhr sich mit den Händen durchs kurze dunkle Haar.

»Sophia kann den Wald verlassen. Vielleicht erinnerst du dich noch, die Übernatürlichen können aus dem Wald fortgehen, aber nicht mehr zurückkehren. Das Problem an der Geschichte ist, dass Sophia kein Mensch mehr ist. Sie altert nicht mehr. Früher oder später muss sie die Vampirische Region verlassen …«

»Und ich werde alt werden und sterben. Sie hingegen wird äußerlich jung bleiben und schließlich, wenn ich nicht mehr bin, bis in alle Ewigkeit allein auf dieser Erde verweilen müssen«, ergänzte er, bestürzt über diese neu gewonnene Erkenntnis.

Ich versuchte ihn aufzumuntern.

»Noch ist nicht alles verloren, lieber Onkel. Ich muss es schaffen, wieder in den Wald zurückzukehren. Ich bin eine Hexe. Vielleicht kann ich dort mit meiner Magie die Verwandlung wieder rückgängig machen.«

»Kann ich selbst irgendetwas tun und dir helfen?«, fragte Leopold und wurde vom Klingeln seines Handys unterbrochen.

»Geh ganz normal deiner Arbeit nach«, riet ihm Cleopha. »Lass alles, den Umständen entsprechend, möglichst alltäglich wirken, damit niemandem auffällt, dass Sophia verschwunden ist.«

Ich stimmte meiner schlauen Feder zu.

»Cleopha hat recht. Damit hilfst du uns am meisten. Und damit, dass du weiterhin dafür sorgst, dass niemand dieses Zimmer betritt.«

Nachdem Leopold gegangen war, riefen wir bei meiner Familie an. Felix ging ans Telefon, und als er den Hörer an meine Eltern überreichte, waren sie beinahe ebenso überrascht, meine Stimme zu hören, wie sonst, wenn ich plötzlich in ihrer Küche auftauchte.

»Sollen wir kommen?«, wollte mein Papa wissen, nachdem ich sie über die aktuellen Geschehnisse in Kenntnis gesetzt hatte. Meine Familie hatte noch nichts von den Vorkommnissen gehört. Um den Tourismus nicht zu gefährden, gab sich die italienische Regierung viel Mühe, dass derartige Nachrichten nicht über die Landesgrenze hinaus durchsickerten. Über den Lautsprecher konnten alle mithören und mit Cleopha und mir reden.

»Nein. Ihr könnt hier momentan auch nichts ausrichten. Ich wollte nur, dass ihr über den Lauf der Dinge Bescheid wisst, falls mich jemand entdeckt und ihr einen Anruf bekommt, dass ich wiederaufgetaucht bin.«

Wir verabschiedeten uns voneinander und ich versprach, mich zu melden, wenn es etwas Neues von Sophia oder bei der Behebung meines Zauberproblems gab. Ich legte das Telefon auf und fragte Cleopha, ob wir nun die Nachricht von Lorenzo öffnen könnten.

»Probieren wir es«, meinte sie optimistisch und schlug das Buch auf. Angestrengt schwebte meine Feder über die aufgeschlagene leere Buchseite. Zunächst rührte sich auf der Seite nichts, doch dann begannen Buchstaben auf magische Weise über ihr zu tanzen. Sie brauchten eine Weile, um sich zu positionieren, dann konnten wir die Nachricht von Lorenzo deutlich lesen.

Liebste Helena,

was für eine Erleichterung, dass Leopold den Angriff unversehrt überlebt hat. Nun zu dir: Ich bin untröstlich. Das Schicksal scheint sich wiederholen zu wollen. Es geht dir nun wie damals Mila, als sie in der Menschenwelt gefangen war. Die Möglichkeiten, euch zurück in den Wald zu bringen, sind von unserer Seite begrenzt, um nicht zu sagen ausgeschöpft. Das Schlupfloch gibt es nicht mehr. Trotzdem gebe ich die Hoffnung nicht auf und versuche alles Drachenmögliche, um dich zurückzuholen. Als Vorteil könnte sich erweisen, dass du Silas seine alten Zauberkräfte zurückgegeben hast. Nachdem ich anfangs nicht begeistert davon war, bin ich nun froh. Da das Blut der primum maleficis wieder in ihm fließt, ist es ihm erlaubt, das unendliche Grab aufzusuchen. Er hat sich gleich auf den Weg dorthin gemacht. Ich berichte dir, sobald er zurück ist. Bis dahin pass bitte gut auf dich auf!

Dein Lorenzo

Geknickt klappte ich das Buch zu und Cleopha flog auf meine Schulter.

»Etwas Ähnliches ahnte ich schon«, sagte ich.»Wir haben das bei Milas Rettung alles schon einmal durchgemacht.«

Ich stand auf und setzte mich in meinen Hängestuhl nahe beim Fenster. Von dort aus bot sich mir ein direkter Blick auf den Wald. Hier, in diesem Stuhl, hatte damals alles angefangen. Von hier aus hatte ich einst das Funkeln in den Baumkronen gesehen. Später stellte sich heraus, dass das Leuchten von Mila ausging, die nach einer Streitigkeit aus dem Wald heraus in die Menschenwelt geschleudert wurde. Jetzt waren es Cleopha und ich, die außerhalb des Waldes feststeckten. Seufzend wandte ich mich meiner lieben Feder zu.

»Cleopha, hast du eventuell noch eine Idee, was wir unternehmen könnten?«, wollte ich wissen und sie schüttelte grübelnd den Kopf.

»Ich glaube, uns sind ohne Hexerei erst einmal die Hände gebunden. Wir müssen abwarten, was Silas in Erfahrung bringen kann.«

»Das ist schon verrückt«, warf ich ein und Cleopha sah mich fragend an.

»Was meinst du?«

»Dass Silas, nach allem, was in der Vergangenheit war, von Lorenzo um Hilfe gebeten wird *und* er auch zur Hilfe bereit ist«, sagte ich lächelnd. »Nein, im Ernst. Glaubst du, dass Silas für Lorenzo und Mila jemals freundschaftliche Empfindungen hegte? Ich meine, glaubst du, dass er die beiden mochte, oder hat er sie wirklich immer nur für seine dunklen Pläne ausgenutzt?«

»Das ist eine gute Frage«, erwiderte Cleopha.

»Vielleicht …«

23. Kapitel

PUFF!
Etwas Schwarzes donnerte gegen die Fensterscheibe. Erschrocken sprang ich vom Fenster weg und Cleopha wirbelte zurück. Mit klopfendem Herzen stellte ich mich in der Zimmermitte auf meine Zehenspitzen und spähte aus sicherer Entfernung aus dem Fenster.

»Was war das?«

»Ich war das. Öffnet mir bitte das Fenster«, krächzte es, ohne dass zunächst jemand zu sehen war. Einen Wimpernschlag später hockte auf dem Fensterbrett ein Rabe. Skeptisch sahen Cleopha und ich uns an.

»Hast du auch gehört, dass er gesprochen hat?«

Sie nickte. Okay, dann hatte ich es mir nicht nur eingebildet.

»Könnt ihr mich jetzt bitte hereinlassen?«, bat der Rabe abermals. Zögerlich öffnete ich das Fenster. Er flatterte herein und ließ sich auf meiner Bettkante nieder. Ich schloss das Fenster wieder und setzte mich auf den Boden vor ihn hin. Cleopha schwebte an meine Seite.

»Wer bist du?«, wollte ich wissen.

Seine neugierigen Äuglein richteten den Blick auf mich.

»Mein Name ist Corax. Wir sind uns bereits begegnet.«

»Wo? Ich kann mich nicht erinnern, dass ...«

Noch bevor er es aussprach, fiel bei mir der Groschen.

»Oh doch! Du bist einer von Rubinas Raben, stimmt's?«

Er nickte.

»Was führt dich zu uns?«, wollte Cleopha wissen und musterte ihn interessiert.

»Rubina schickt mich. Sie hat mich ausgesandt, um dir

eine Nachricht zu übermitteln: Sie bittet dich um ein Treffen.«

»Sie will mich treffen? Nun ja, ich würde gern zu ihr gehen, aber wie du siehst, stecke ich gerade in der Menschenwelt fest.«

»Und überhaupt ... Warum macht sich Rubina nicht wie üblich durch ihre Stimme in Helenas Kopf bemerkbar, sondern schickt dich?«, hakte Cleopha misstrauisch nach.

»Das kann ich euch ebenfalls erklären. Wenn du erlaubst ...« Corax wandte sich an mich. »... bin ich ab sofort dein persönlicher Rabe. Über mich kannst du mit Rubina kommunizieren.«

»Wirklich?«, staunte ich. Ich fand es sehr zuvorkommend, dass mir Rubina einen ihrer Raben zur Verfügung stellte. Behielt mich Rubina noch im Blick? Sah sie mich gerade in dieser ausweglosen Lage und wollte mir helfen?

Offensichtlich konnte der Rabe meine Gedanken lesen.

»So ist es, und beispielsweise jetzt könntest du doch Rubinas Rat gut gebrauchen, nicht wahr? Rubina verfügt, ebenso wie die Mitglieder des Hexenzirkels, über das Wissen aus vielen Jahrhunderten. Sie stellt mich dir zur Seite, damit du sie bei Fragen jederzeit kontaktieren kannst, ohne in die Zwischenwelt zu reisen.«

»Das ist sehr freundlich von ihr«, bedankte ich mich. Es war bestimmt nicht verkehrt, Corax an meiner Seite zu haben. Wenn ich künftig in Situationen geriet, in denen ich nicht weiterwusste, musste ich die Mitglieder meines Hexenzirkels nicht wegen jeder Kleinigkeit aus dem unendlichen Grab wecken. Stattdessen konnte ich Rubina fragen. Bestimmt stellte sie mir den Raben auch nicht ganz uneigennützig zur Seite, denn so erfuhr auch sie umgekehrt auf direktem Wege, wenn sich eine Lage anbahnte, die das Gleichgewicht ins Schwanken brachte.

»Ich nehme das Angebot gerne an«, sagte ich zu dem Raben und fügte hinzu, dass er ja sah, in welcher Lage wir uns befanden, und fragte, ob er wisse, wie wir weiter vorgehen könnten.

»Es gibt einen Grund, warum du mit dem Visionszauber nicht mehr in den Wald zurückreisen kannst«, antwortete er wissend und Cleopha und ich spitzten die Ohren.

»Spürst du nicht, dass du *wirklich* hier bist? Dass es sich nicht mehr, wie die Male zuvor, wie ein Traum anfühlt, sondern *echt*?«

»Doch. Ja. Jetzt, wo du es sagst. In der ganzen Aufregung habe ich nicht auf dieses Gefühl geachtet«, gab ich zu und er öffnete seinen Schnabel, um fortzufahren.

»Der Visionszauber ist erloschen, als du dich über die Grenze gezaubert hast. Du brauchst ihn nicht mehr.«

Verblüfft schaute ich ihn an.

»Warum nicht?«

»Rubina wird es dir später persönlich erklären. Für diesen Augenblick kann ich dir nur so viel sagen: Du bist jetzt in der Lage, in beiden Welten zu hexen, ohne die Balance aus dem Gleichgewicht zu bringen.«

»Heißt das, Helena kann uns einfach so zurückhexen?«, entfuhr es Cleopha ungläubig und der Rabe bejahte es.

»Das wäre zu schön, um wahr zu sein«, meinte ich, halb zweifelnd.

»Es ist wahr, liebste Helena.«

Corax meinte es ernst.

»Aber ich kann doch hier nicht hexen!«, polterte ich los. Die vergangenen Ereignisse waren mir eine Lehre. So leichtfertig würde ich nicht wieder außerhalb des Waldes zaubern und das Zurückgewonnene aufs Spiel setzen.

Corax gab nicht auf.

»Du hast es doch gespürt, Helena. Als du nach dem großen Zauber aus dem unendlichen Grab getaucht bist. Du hast dich doch stärker gefühlt als je zuvor, nicht wahr?«

»Ja, das habe ich, aber ich habe dieses Gefühl nicht damit in Verbindung gebracht, dass ich nun in beiden Welten hexen kann.«

»Wie kann ich es dir beweisen?«, wollte er wissen und ich zuckte mit den Schultern.

»Es tut mir leid, aber in dem Fall muss ich es von Rubina selbst hören. Erst dann kann ich es glauben.«

»In Ordnung«, willigte er schließlich ein. Er bat mich, ihm das Fenster zu öffnen.

»Kannst du dir vorstellen, dass er recht hat?«, fragte ich Cleopha, nachdem er weggeflogen war.

»Ich weiß es nicht«, erwiderte sie skeptisch. »Einerseits glaube ich es nicht, aber andererseits frage ich mich, warum er lügen sollte.«

»Möglicherweise handelt es sich um eine Falle«, überlegte ich argwöhnisch.

»Aber wer sollte uns eine Falle stellen wollen? Es müsste jemand sehr Mächtiges sein, wenn er uns über die Grenze einen Raben schicken kann. Neben Rubina kommen nur die Mitglieder des Hexenzirkels infrage und ich denke, die können wir getrost ausschließen«, sagte sie augenzwinkernd.

»Ich traue mich nur noch nicht zu glauben, dass ich uns zurückhexen kann. So vieles hatte in der Vergangenheit einen Haken und das … Es wäre so *einfach*.«

Es ist auch einfach, liebe Helena. Corax hat dir die Wahrheit gesagt: Du kannst euch zurückhexen. Wenn du wieder im Wald bist und Sophia aus ihrer Lage befreit hast, komm bitte zu mir …, wisperte es in meinem Kopf. Ich erzählte Cleopha, die mit meinem plötzlich veränderten Gesichtsausdruck nichts anfangen konnte, dass Rubina mit mir gesprochen hatte.

»Aber warum richte ich mit meiner Hexerei keinen Schaden mehr an?«, forschte ich nach und lauschte, ob ich Rubina noch einmal hörte. Doch die Verbindung, oder wie auch immer man es nennen konnte, war abgebrochen.

»Wir werden es wohl erst erfahren, wenn wir wieder zu Hause sind«, bemerkte Cleopha, der es ähnlich ging wie mir. Sie war erleichtert, dass wir der Menschenwelt wieder entkommen konnten, aber anderseits nur halbherzig überzeugt, dass es so reibungslos funktionieren würde …

24. Kapitel

Zunächst setzten wir Leopold von dem in Kenntnis, was wir soeben erfahren hatten. Ich konnte nicht persönlich mit ihm sprechen, deshalb hinterließ ich ihm eine Nachricht auf dem Anrufbeantworter.

»Falls wir also weg sind, wenn du nach uns schaust, wundere dich nicht«, beendete ich mein Telefonat.

»Dann versuchen wir es jetzt?«, fragte Cleopha und atmete tief durch. Ich nickte.

»Bist du bereit?«

»Ich bin bereit, wenn du es bist«, entgegnete mir meine Feder und flog auf meine Schulter. Ich lenkte meine Gedanken auf das übernatürliche Königreich und konzentrierte mich auf Lorenzo. So würden wir bei unserer Ankunft direkt dort landen, wo er sich gerade aufhielt.

»Dann legen wir mal los«, sagte ich salopp und sprach die entscheidenden Worte. Obwohl ich Rubina vertraute, konnte ich die Nervosität in meiner Stimme nicht verbergen. Bisher war es mir strengstens verboten gewesen, Magie in der menschlichen Welt anzuwenden, deshalb konnte ich die mulmigen Gefühle, die ich beim Aufsagen des Zauberspruchs hatte, nicht ganz beiseiteschieben.

»*Inducas in silva.*«

Einen Wimpernschlag später waren wir zurück im Wald. Genauer gesagt befanden wir uns auf der Dachterrasse des Schlosses.

»Es hat funktioniert!«, jubelte Cleopha. Sie flog hoch in die Luft und schlug gleich mehrere Loopings hintereinander. Ich wartete noch kurz auf ein plötzliches Donnergrollen oder Gewitterblitzen, aber nichts dergleichen geschah.

»Entspann dich, Helena. Der Zauber hat keinen Preis gefordert«, sprach Cleopha mir aufmunternd zu. Mit jeder weiteren Sekunde, die verging und in der nichts Verhängnisvolles passierte, ließ auch meine Anspannung nach. Es dauerte auch nicht lange, bis Lorenzo auf uns aufmerksam wurde.

»Habe ich richtig gehört? Helena, Cleopha? Seid ihr es?«, rief er ungläubig aus. Er trat aus der Tür seines Arbeitszimmers, das sich unweit unseres Landeplatzes befand.

Ich strahlte ihn wortlos an und lief ihm entgegen.

»Ich habe nicht im Traum damit gerechnet, dass ich euch so schnell wiedersehe«, gestand er sichtlich ergriffen und betrachtete uns immer noch wie eine Fata Morgana. Ich entdeckte eine Träne, die in seinem rechten Auge blitzte. Wir fielen uns in die Arme und Cleopha ließ sich auf seiner starken Schulter nieder.

»Ehrlich gesagt, wir auch nicht«, pflichtete ich ihm bei, als wir voneinander abließen.

»Jetzt erzählt! Wie seid ihr hergekommen?«, fragte er und deutete einladend auf die Sitzecke. Wir nahmen Platz und berichteten ihm von Corax, dem Raben, und was er zu sagen hatte. Auch Lorenzo hatte keine Erklärung dafür, warum es mir urplötzlich gestattet war, in beiden Welten eine Hexe zu sein. Ehe wir weiter darüber philosophieren konnten, wirbelte uns Mila entgegen und überschüttete uns mit Freudenbekundungen.

»Ich weiß genau, wie ihr euch außerhalb der Grenze gefühlt haben müsst. Das muss schrecklich gewesen sein«, fügte sie mitfühlend hinzu.

»Jetzt sind wir zum Glück wieder hier, Mila«, munterte ich sie auf und erkundigte mich nach Sophia.

»Wo ist denn meine Tante?«

»Im Moment schläft sie«, antwortete Mila.

»Und wo ist Silas?«, forschte Cleopha nach.

»Lorenzo, du hast uns geschrieben, dass er sich auf den Weg zum unendlichen Grab gemacht hat. Müsste er nicht schon längst wieder zurückgekehrt sein?«

»Ja, Silas hat sich unverzüglich auf den Weg dorthin gemacht. Leider erfolglos. Er konnte sich durch seine wiedererrungene Blutzugehörigkeit zwar Zugang zum unendlichen Grab verschaffen, aber die Mitglieder der primum maleficis nicht wecken. Diese besondere Gabe obliegt offensichtlich nur dir, liebe Helena.«

»Okay …«, sagte ich verwundert und teilte meinen magischen Freunden mit, dass ich nun, da Sophia noch schlief, die Zeit nutzen würde, um Rubina aufzusuchen. »Sie bat mich um ein Treffen. Vielleicht kann sie mir auch in Bezug auf Sophias Verwandlung helfen.«

25. Kapitel

Ich machte mich sogleich auf den Weg zur besonderen Zeitzone am Walchensee. Wobei, *sogleich* ist nicht das richtige Wort. Zuvor hatte ich mich noch mit einer großen Portion Spaghetti gestärkt und zusammen mit Lorenzo, Mila und Cleopha gegessen. Wir waren in den vergangenen Tagen oft getrennt gewesen und wussten nicht, ob wir uns wiedersehen würden, da wollten wir uns eine kleine Mahlzeit unter Freunden nicht verwehren. Nach dem ganzen Trubel hätte ich auch gegen eine längere Erholungspause nichts einzuwenden gehabt, aber durchschnaufen und zur Ruhe kommen konnte ich schließlich auch später. Nachdem wir gemeinsam gespeist hatten, brachte mich Lorenzo zur Höhle, in der sich das unendliche Grab befand. Ich ging hinein und führte das Ritual durch, um zu Rubina zu gelangen.

»Willkommen zurück in Rubinas Reich«, begrüßte mich Corax, als ich am Walchensee aus dem Wasser tauchte. Er saß auf dem Ast eines Baumes nicht unweit vom Ufer. Er sah freundlich aus, was bedeutete, dass er nicht nachtragend zu sein schien.

»Es tut mir leid, dass ich dir nicht geglaubt habe, aber …«, versuchte ich zu erklären, aber er winkte mit einem Flügel ab.

»Ich bin dir deswegen nicht böse.«

Er deutete auf den See, in die Richtung von Rubinas Insel, und teilte mir mit, dass sie mich bereits erwartete.

Ich verabschiedete mich von ihm und beschritt die aus dem Wasser ragenden Steine, die zur Insel führten.

»Hallo, Rubina«, grüßte ich, dort angekommen. Ihr faszinierender Blütenkopf hob sich.

Liebe Helena, du hast einige Fragen, die ich dir gern beantworten möchte, wisperte es in meinem Kopf.

»In der Tat gibt es einiges, das ich herausfinden muss. Vielleicht fangen wir beim geringsten *Problem* an«, schlug ich vor und setzte mich im Schneidersitz vor sie hin.

»Weißt du, warum es Silas nicht gelang, die Mitglieder des Hexenzirkels zu *wecken*?«

Dafür gibt es eine einfache Erklärung. Silas wurden einst seine Kräfte und die Zugehörigkeit zum Hexenzirkel entzogen. Du hast ihm seine Zauberkraft wiedergeschenkt, die Wiedererlangung weiterer Fähigkeiten muss er sich jedoch erst noch verdienen.

»Ach so …«, erwiderte ich interessiert und Rubina kam direkt zum nächsten Punkt.

Ich weiß, dass dir die nächste Frage auf der Seele brennt: Warum du außerhalb des Waldes Magie anwenden konntest, richtig?

Ich nickte.

Das ist auch der Grund, aus dem ich dich zu mir gerufen habe. Zum einen wollte ich die Gelegenheit nutzen, um mich persönlich bei dir zu bedanken. Du hast nicht nur in letzter Minute die Waldbewohner und die Menschen gerettet, sondern auch mich. Ich habe dir einen meiner Raben gesandt. Bitte behalte ihn als Zeichen meines Dankes.

»Vielen Dank, Rubina. Ich nehme dein großzügiges Geschenk gerne an«, erwiderte ich und war nun sehr begierig darauf, zu erfahren, warum es mir erlaubt war, ohne Konsequenzen außerhalb des Waldes zu zaubern. Rubina spannte mich nicht länger auf die Folter.

Ich habe dafür gesorgt, dass du in beiden Welten hexen kannst, begann sie.

Erstaunt riss ich die Augen auf.

»*Was? Warum? Und wie ist das möglich?«*

Der Hexenzirkel hat mich in dieser Rosenform erschaffen. Der magische Boden, auf dem ich wachse, nährt mich seit sehr langer Zeit. Er verleiht mir Macht. Ich habe herausgefunden, dass ich diese Macht eigenständig nutzen kann.

Ob das meine Hexenfreunde wussten, wagte ich zu bezweifeln ...

Und zu meinem Selbstschutz musste ich sie auch anwenden. Du musst wissen, es war furchtbar, als ich die Blütenblätter verlor.

»Hattest du Schmerzen?«, fragte ich mitfühlend nach.

Ja, und ich hatte große Angst, dass ihr meinen Verfall nicht mehr aufhalten könnt und ich noch mehr Blätter verliere. Deshalb wollte ich selbst einen Teil dazu beitragen, dass uns allen etwas Derartiges nicht mehr widerfährt. Während des Zaubers, den ihr für meine Rettung gesprochen habt, um mir meine Blütenblätter wieder zurückzugeben, habe ich unbemerkt ebenfalls ein paar Worte mitgesprochen. Ich habe dich gegen das magische Band, das den Wald umspannt, immun gemacht.

Ungläubig schaute ich auf den schwarzen Blütenkopf, der über meine Gedanken mit mir kommunizierte.

»Das bedeutet, dass ich dauerhaft in beiden Welten hexen kann?«

Rubina bejahte es.

Auf diese Weise ist uns beiden geholfen. Du kannst bei deiner Familie sein, wann und wie lange du auch immer willst. Du wirst nicht mehr an den Visionszauber gebunden sein und umgekehrt kannst du sofort eingreifen, wenn in der Menschenwelt das Gleichgewicht gefährdet wird, und uns somit bis ans Ende aller Zeiten beschützen.

Ich wusste gar nicht, wie mir geschah. Es war immer mein Wunsch, mühelos in beiden Welten zu wandeln, denn jedes Mal, wenn ich von meiner Familie wieder in den Wald zurückkehrte, hoffte ich, dass mein Besuch nicht der letzte war. Stets plagte mich die Sorge, dass der Visionszauber eines Tages versagte und ich meine Lieben nie wiedersehen würde. Dieses Gefühl würde fortan der Vergangenheit angehören.

»Rubina, das sind wirklich großartige Neuigkeiten! Aber warte mal ...«, stutzte ich. »Ich habe mich von Villa Anna zurück in den Wald gehext. Dein Zauber hat also offensichtlich funktioniert. Weißt du, was das bedeutet? Du bist mächtiger als alle Übernatürlichen im Wald zusammen. Niemand sonst, nicht einmal die primum maleficis gemeinsam, könnten jemanden immun gegen die Grenze machen. Selbst Evolet gelang es seinerzeit nicht.«

Ich war selbst erstaunt, wozu ich fähig war, liebe Helena, aber sei gewiss: Ich werde meine Macht niemals missbrauchen.

Rubinas Worte klangen aufrichtig. Ich befürchtete auch nicht, dass sie Böses im Schilde führte, aber ich war, zugegebenermaßen, im ersten Augenblick überrascht, welch unermesslich große Macht sie besaß.

»Ich vertraue dir. Und ich möchte mich ebenfalls bei dir bedanken. Danke, dass du mir die Freiheit geschenkt hast, in beiden Welten eine Hexe zu sein.«

Einen kleinen Haken gibt es da allerdings noch, begann Rubina und ich horchte auf.

»Welchen?«, fragte ich alarmiert, aber ich war bereit, einen hohen Preis für diese neu errungene Gabe zu bezahlen.

Damit du unbekümmert in jeder Situation in der menschlichen Welt hexen kannst, müssen die Menschen wissen, wer du bist.

Ich schluckte. Ich sollte mich den Menschen offenbaren und ihnen sagen, wer ich war? Eine Hexe ...? Das war wirklich ein hoher Preis.

»Ist das denn notwendig, Rubina?«

Ja, leider. Den Visionszauber hast du stets im Wald begonnen und beendet. Jetzt ist es anders. Du hext in der menschlichen Welt. Allein schon, wenn du deine Familie besuchst.

Nachdenklich sah ich sie an. Vielleicht war diese schicksalhafte Fügung genau der richtige Weg für mich. Ich spann den Gedanken weiter, und wenn ich es mir recht überlegte, gab es neben meinen Bedenken, wie die Menschheit auf meine Eröffnung reagieren würde, auch viele Vorteile: Meine Familie müsste mich endlich nicht mehr verleugnen. Ich müsste mich nicht mehr verstecken. Das Leben könnte ganz normal für alle weitergehen …

»Gut«, sagte ich entschlossen. »Ich werde den Menschen mein Geheimnis enthüllen.«

Dann ist jetzt nur noch eine deiner Fragen offen: wie es mit Sophia weitergeht.

»Kannst du uns weiterhelfen?«, wollte ich wissen und rechnete fest damit, dass sie einen weisen Rat parat hatte.

Hast du Sophia denn schon gefragt, ob sie wieder ein Mensch werden möchte oder ein Vampir bleiben will?

»Nein, ich hatte noch keine Gelegenheit dazu. Ich kann mir aber nicht vorstellen, dass Sophia ein Vampir bleiben möchte. Allein schon wegen Leopold«, überlegte ich laut.

Nun hat sie den ersten Schock überwunden und sie hat die Gewissheit, dass ihr Mann lebt.

Rubina riet mir, noch einmal das Gespräch mit Sophia zu suchen. Sophia konnte zwischen drei Optionen wählen: 1. Sie würde im Wald bleiben und hatte die einmalige Chance auf ein ewiges Leben. 2. Sie ging durch die Grenze und wandelte als Vampir in der Menschenwelt. 3. Rubina bot an, ihre Kräfte erneut einzusetzen, um Sophia wieder in einen Menschen zu verwandeln.

26. Kapitel

»Helena! Ich bin so froh, dich zu sehen!«, rief mir Sophia entgegen, als ich im Schloss eintraf und die Tür zu meinem Zimmer öffnete. Sie sprang schwungvoll von der Couch auf, und ehe ich mich's versah, knallte sie gegen den Türrahmen.

»Autsch! Nicht schon wieder!«, jammerte sie und hielt sich die Hand an ihre schmerzende Stirn. Mila und Cleopha, die auch anwesend waren, kicherten.

»Oje. Ich freue mich auch, dich zu sehen. Geht's dir gut?«, fragte ich und wusste nicht so recht, wie ich die Situation einordnen sollte.

Mila brachte mich auf den aktuellen Stand.

»Sophia fällt es noch schwer, ihre vampirische Schnelligkeit zu kontrollieren.«

»Sie übt schon seit einer Viertelstunde, ihr Tempo zu regulieren, aber wie du siehst, ist es noch ausbaufähig«, fügte Cleopha schmunzelnd hinzu. Auch Sophia selbst konnte sich schließlich ein Lachen nicht verkneifen.

»In den Serien im Fernsehen sieht das immer so einfach aus«, erklärte sie als ein bekennender Vampire-Diaries-Fan.

»In der Tat erfordert die Art der Fortbewegung eine gewisse Kontrolle«, bestätigte Lorenzo. Er tauchte im Türrahmen auf und wir begrüßten uns.

»Kommt, setzen wir uns, und du erzählst uns von deinem Besuch bei Rubina.«

Das war im ersten Moment leichter gesagt als getan. Sophia brauchte drei Anläufe, um sich hinzusetzen. Als es ihr dank unserer Ratschläge gelungen war, nahmen wir anderen ebenfalls Platz und sie lauschten meinem Bericht.

»Kommen wir zu dir, liebe Sophia. Möchtest du ein Vampir bleiben oder nicht?«, fragte ich sie ohne Umschweife, nachdem ich meine Erzählung beendet hatte. Ich war mir sicher, dass von Rubinas drei Vorschlägen nur ein einziger für sie infrage kam: als Mensch nach Villa Anna heimzukehren und ihr bisheriges Leben fortzuführen.

Sophia atmete tief durch.

»Vielleicht gibt es noch eine vierte Möglichkeit?«, begann sie und sah mich unsicher an.

»Weißt du, ich bin damals nicht ohne Grund in die Vampirische Region ausgewandert. Mich hat dieses außergewöhnliche und geheimnisvolle Gebiet schon immer fasziniert. Besonders gefesselt haben mich die Geschichten über die Vampire dort. Ein Dasein als Vampir – wenn auch für mich unerreichbar – stellte ich mir aufregend und fantastisch vor. Von Jugend auf wollte ich immer mehr als eine gewöhnliche Frau sein, die eine Ausbildung macht, einen Mann kennenlernt, Kinder bekommt und ihr Leben lang ein und demselben Beruf nachgeht. Verstehst du, was ich meine? Ich wollte schon immer etwas Besonderes erleben, jemand Außergewöhnliches *sein* und keinen eintönigen Alltag haben. Meine Auswanderung hat schon einiges bewirkt, trotzdem hat mir immer noch etwas gefehlt.«

»Und als Vampir fühlt es sich an, als wäre die Lücke in deinem Leben gefüllt?«, hakte ich vorsichtig nach. Ich hatte nicht gewusst, dass Sophia insgeheim nicht vollends glücklich war.

»Je mehr sich die Verwandlung in meinem Körper vollzieht, desto erfüllter fühle ich mich. Es hört sich vielleicht seltsam an, aber ich empfinde mich endlich als komplett. Als wäre ich nun am Ziel angekommen«, erklärte sie. In ihrem Blick sah ich, dass Sophia, während sie mir ihr Herz ausschüttete, sich fragte, ob ich das Gesagte verurteilen oder verstehen würde.

»Ich hatte keine Ahnung, Sophia. Warum hast du mir denn nie von deinen Wünschen erzählt?«

Traurig senkte sie den Blick.

»Ich habe nie gewagt, meine Gedanken auszusprechen, weil ich Angst hatte, dass auch du dich irgendwann von mir abwenden würdest. Wie deine Mutter. Seit unserer Auswanderung nach Italien hegt sie einen tief sitzenden Groll gegen mich. Nach außen hin beherrscht sie sich mittlerweile gut, aber ich spüre, dass sie mich im Inneren auch heute noch verurteilt. Ich glaube, sie hat es mir nie gegönnt, dass ich mich getraut habe, für meine Träume das bequeme Leben im Dorf aufzugeben. Sie hat meine geheimen Sehnsüchte nie verstanden und sie als Spinnerei abgetan. Ich fürchtete, dass du irgendwann genauso denkst. Dass alle so von mir denken. Deshalb habe ich meinen Mund gehalten. Als du dann mehr oder weniger zufällig herausgefunden hast, dass du eine Hexe bist …«

Sie stieß mich neckisch in die Seite.

»… ich gebe zu, da habe ich dich ganz schön beneidet. Ich dachte mir, warum kann mir nicht so etwas wie dir oder wie den Mädchen in den Büchern passieren? Und jetzt bin ich meinem Traum so nah. Das Einzige, was mir zu meinem absoluten Glück noch fehlt, ist Leopold. Mit ihm will ich die Ewigkeit verbringen, deshalb höre dir bitte die vierte Option an: Da Leopold nicht in den Wald gelangen kann, überquere ich die Grenze, aber als Vampir, und ich werde ihn, wenn er das möchte, verwandeln.«

Erstaunt sah ich sie an. Niemals hatte ich es in Erwägung gezogen, dass mein Onkel in einen Vampir verwandelt werden könnte.

»Meinst du, er wäre einverstanden?«, fragte Cleopha und ließ sich auf meiner Schulter nieder.

»Ein Vampir zu sein?«

Sophia zuckte mit den Schultern.

»Ich weiß es nicht. Könntet ihr ihn für mich fragen? Wenn ich über die Grenze gehe und ihn aufsuche und er nicht einverstanden sein sollte, bin ich dazu verdammt, für die Ewigkeit allein zu sein, denn Leopold ist noch nicht mit ewigem Leben gesegnet.«

»Was wirst du tun, wenn Leopold ein gewöhnlicher Sterblicher bleiben möchte?«, hakte Mila einfühlsam nach.

Nachdenklich hob Sophia den Blick.

»Wahrscheinlich werde ich dann aus Liebe zu ihm in mein altes Leben zurückkehren.«

»Überleg es dir«, warf Lorenzo ein.

»Du bist auch hier im Wald willkommen, aber bevor wir lange über deine Zukunft spekulieren, sollten wir denjenigen fragen, von dem sie abhängt.«

Ich stimmte ihm zu.

»Richtig. Eine Entscheidung sollte ohnehin so schnell wie möglich fallen, denn mittlerweile ist Sophia schon für mehrere Stunden aus Villa Anna fort. Früher oder später wird es jemandem auffallen und dann braucht Leopold eine glaubhafte Ausrede für ihr Verschwinden.«

»Oje, das habe ich ganz vergessen! Ich hoffe, Leopold ist noch nicht in Erklärungsnot gekommen«, erwiderte Sophia besorgt.

»Am besten, du hext dich gleich hin«, riet mir Lorenzo.

»Okay«, sagte ich aufgeregt.

»Dann hexe ich mich jetzt zum ersten Mal offiziell aus dem Wald.«

Ich verabschiedete mich von meinen Freunden und sprach einen Zauber. Sogleich hüllte mich dunkelvioletter Nebel ein. Ehe er mich komplett ummantelte und sich dann wieder auflöste, fand ich mich einen Herzschlag später in meinem Hotelzimmer in Villa Anna vor.

»Es hat funktioniert!«, murmelte ich freudig. Ich ging zum Telefon und tippte eilig Leopolds Durchwahl in die Tasten. Als er das Gespräch annahm, bat ich ihn zu mir zu kommen. Nur wenige Zeit später klopfte es an der Tür und Leopold trat ein. Möglichst schonend versuchte ich ihm beizubringen, dass Sophia ein Vampir bleiben wollte. Mit ihm an ihrer Seite.

»Waaaas?«, erschrak er.

»Ich soll ein Vampir werden?«

Diese Nachricht musste er verständlicherweise erst einmal verkraften. Er setzte sich neben mich aufs Bett und fuhr sich mit den Händen durch das kurze Haar.

»Wäre es denn völlig abwegig?«, hakte ich nach.

»Ich habe mir vorher noch nie Gedanken darüber gemacht«, antwortete er.

»Ich bin zufrieden mit meinem Leben, und mir war nicht klar, dass Sophia etwas fehlte. Als du mir erzähltest, dass Sophia verwandelt wurde, habe ich natürlich darüber nachgedacht, wie es weitergehen soll. Ich habe auch die Möglichkeit durchgespielt, selbst ein solches ... Wesen zu sein. Oh Mann, Helena. Ich weiß nicht, ob ich mir wirklich vorstellen kann, ein Vampir zu sein, aber noch schlimmer finde ich die Vorstellung, getrennt von Sophia zu sein.«

»Es gibt auch die Möglichkeit, sie in einen Menschen zurückzuverwandeln«, munterte ich ihn auf.

»Ja und dann? Meinst du nicht, dass sie es mir irgendwann vorwerfen würde, dass sie einen Schritt vor ihrem Ziel umkehren *musste*?«, fragte er verzweifelt und ich atmete tief durch.

»Das könnte schon sein, aber dir gegen deinen Willen

einen Biss zuzufügen, um mit dir vereint zu sein, ist auch keine Lösung. Ewig zu leben ist lange für jemanden, der es nie wollte.«

Leopold war sichtlich hin- und hergerissen. Traf aber letztendlich eine Entscheidung ...

27. Kapitel

»Er will für dich zu einem Vampir werden«, verkündete ich Sophia, als ich sie im Schloss wiedertraf.
»Wirklich?«, fragte sie und Tränen traten in ihre Augen.
»Ja. Natürlich muss er sich erst noch mit dem Gedanken anfreunden, ein Vampir zu sein. Und euer Leben müsst ihr nach deiner Rückkehr neu planen, denn ihr werdet nicht mehr altern. Mit ein paar Tricks könnt ihr höchstens noch zehn Jahre in Villa Anna bleiben und dann …«
»Leopold will das alles tatsächlich für mich in Kauf nehmen?«, unterbrach mich Sophia ergriffen. Ich nickte.
»Er hat gesagt, dass er den Gedanken nicht erträgt, sein Leben ohne dich zu verbringen. Er liebt dich und möchte, dass du glücklich bist. Du hast in der Vergangenheit viel für ihn getan, jetzt kann er sich revanchieren und möchte diese Gelegenheit nicht verpassen. Außerdem …«
Nun war ich es, die sie neckend in die Seite kniff.
»… sind Lorenzo, Mila, Cleopha und ich ja auch noch da. Ihr werdet eure langen Leben also nicht ganz ohne Gesellschaft verbringen müssen.«
Sie warf mir einen dankbaren Blick zu.
»Am besten, du gehst jetzt zu Leopold. Er erwartet dich schon sehnsüchtig«, schlug ich vor. Wir brachten sie gemeinsam zur Grenze und verabschiedeten uns voneinander. Als sie sich noch einmal zu uns umdrehte und uns zuwinkte, ehe sie im Hintereingang des Hotels verschwand, fragte mich Mila, wie es mir mit der Situation ging.
»Wisst ihr, je länger ich darüber nachdenke, desto mehr gefällt mir der Gedanke, dass Sophia und Leopold fortan

Vampire sind. Damit sind die beiden ein Stück weit wie ich. Unsterblich ... Das gibt mir das Gefühl, dass auch ich nicht allein bin. Versteht mich nicht falsch. Ich weiß, dass ich euch habe und ihr mich liebt, aber ich habe den Gedanken oft verdrängt, dass ich meine eigene Familie eines Tages durch den Tod verlieren werde. Jetzt habe ich die Gewissheit, dass zwei von meinen Verwandten immer bei mir sein werden.«

Lorenzo legte den Arm um meine Schultern. Wir verweilten noch kurz an der Grenze und flogen dann zurück zum Schloss.

Am nächsten Morgen weckte mich das vertraute Kitzeln meiner magischen Feder an der Nase. Ich lächelte.

»Guten Morgen, Cleopha. Hoffentlich hast du mich heute zu einer angemessenen Uhrzeit geweckt und nicht erst am Nachmittag.«

»Ein bisschen habe ich dich ausschlafen lassen«, verriet sie gut gelaunt.

»Es ist acht Uhr.«

»Das passt. So gut wie heute Nacht habe ich schon lange nicht mehr geschlafen.«

Ich blinzelte ein paarmal und drehte mich noch einmal um.

»Ist Lorenzo schon auf? Ich hoffe, dass ich nicht wieder einen Termin verpasst habe.«

»Keine Sorge, du hast nichts versäumt. Er musste nur zu einem langweiligen Drachentreffen und wollte dich nicht stören.«

»Okay«, erwiderte ich gähnend.

»Sag mal, Helena«, meinte Cleopha, »wann willst du das eigentlich erledigen?«

»Was meinst du?«, fragte ich und schlug ein Auge auf.

»Na die Sache, die du mit Rubina besprochen hast, dass du den Menschen deine wahre Existenz offenbarst.«

Mit einem Schlag war ich hellwach.

»Das habe ich in der ganzen Aufregung um Sophia total vergessen«, gab ich zu. »Oder verdrängt ...«, berichtigte ich mich. Ich schälte mich aus der Bettdecke und setzte mich aufrecht hin.

Ich grübelte. »Wie soll ich das denn anstellen? Soll ich mich in Söchering auf den Rathausplatz stellen und rufen: Hallo, hier bin ich wieder! Ich war gar nicht verschollen, sondern habe die letzten Jahre unter den Übernatürlichen gelebt. Ach, übrigens, ich bin jetzt eine waschechte Hexe. Soll ich es euch zeigen?«

Cleopha lachte.

»Das ist nicht witzig«, rüffelte ich sie und warf ein Kissen nach ihr. Glucksend wirbelte die magische Feder durch die Luft.

»Nein, im Ernst«, begann ich.

»Ich weiß nicht, wie aufgeschlossen und tolerant gerade die alteingesessenen Dorfbewohner auf meine Eröffnungen reagieren würden.«

»Das wird in der Tat spannend«, stimmte mir Cleopha zu. »Aber ich habe schon eine Idee, wie wir die Wahrheit über deine Identität am besten publik machen können.«

»Wirklich?«, fragte ich verblüfft und lauschte gespannt dem Plan, den sie nun entwickelte.

»Ich würde mir an deiner Stelle die Reporterneugier von Andreas M. zunutze machen. So bekommt er doch noch sein Foto und seine Story und somit ein Happy End.«

»Das ist eine richtig gute Idee, Cleopha!«

»Was ist eine gute Idee?«, wollte Lorenzo wissen, der unerwartet mit einem lecker gefüllten Frühstückstablett im Türrahmen auftauchte.

28. Kapitel

Damit endlich Ruhe in unser aller Leben einkehren konnte, wollte ich es auch so schnell wie möglich hinter mich bringen und aller Welt mitteilen, was mir seit meinem Verschwinden widerfahren war. Bevor ich nach dem Frühstück Andreas M. aufsuchte, informierte ich meine Familie von dem Plan, damit sie von meiner Eröffnung nicht überrascht wurde. Auch wenn sie sich vor den zu erwartenden Reaktionen ein wenig scheuten, bemerkte ich hinter ihren Befürchtungen auch eine gewisse Erleichterung. Sobald die ganze Wahrheit ans Licht kam, müssten sie nicht mehr die trauernde Familie spielen, sondern konnten am Dorfleben wieder ungezwungen teilhaben.

»Wünscht mir Glück«, verabschiedete ich mich, bevor ich mich vor die Bürotür von Andreas M. hexte. Es war circa neun Uhr dreißig, als ich mit beschleunigtem Puls bei ihm anklopfte.

»Ja bitte?«, kam es prompt.

Ich atmete tief durch und vergewisserte mich, dass sich niemand außer uns in Sicht- oder Hörweite befand.

»Okay, gut. Wird schon schiefgehen«, redete ich mir selbst gut zu und öffnete die Tür. Andreas M. schaute von seinem Computerbildschirm auf und stutzte, und als er mich erkannte, entgleisten ihm augenblicklich seine Gesichtszüge.

»Helena?«, presste er leichenblass hervor.

»Hallo, Andreas«, begrüßte ich ihn.

»Bist du es wirklich?«, fragte er ungläubig und erhob sich von seinem Bürosessel.

»Ja, ich bin es«, bestätigte ich.

»Mein Gott. Das ist unglaublich. Ich weiß gar nicht, was ich sagen soll«, erwiderte er und freute sich aufrichtig, mich zu sehen.

»Aber ich habe dir einiges zu sagen«, entgegnete ich ihm und bedeutete ihm, wieder Platz zu nehmen. Ich setzte mich auf einen Stuhl ihm gegenüber.

»Ich brauche deine Hilfe. Kannst du einen Artikel über mich schreiben?«

»Natürlich. Du bist wieder da! Weißt du, was das für eine Sensation ist?«

»Ich sage dir jetzt schon, dass es eine noch größere Sensation ist, als du dir vorstellen kannst ...«

Fragend kniff er die Brauen zusammen und musterte mich interessiert.

»Jetzt machst du mich aber neugierig.«

»Ich bin eine Hexe«, platzte es ohne Umschweife aus mir heraus, und um es bildhaft zu untermauern, zauberte ich ihm in seine leere Tasse frischen Kaffee. Dass ihm die Kinnlade herunterfiel, ist wohl an dieser Stelle überflüssig zu erwähnen. Dass er nicht schreiend davonlief, rechnete ich ihm hoch an. Er reagierte sehr gefasst. Er kannte mich und wusste, dass an meiner Ehrlichkeit nicht zu zweifeln war und dass von mir keine Gefahr ausging, deshalb witterte sein Journalistennäschen sofort einen vielversprechenden Bericht in vielerlei Hinsicht: Er konnte mir einen Gefallen tun und sein verborgener Wunsch wurde wahr.

»Ich bin wirklich sprachlos«, kommentierte er mein neues Ich und es sprudelten sofort kreative Ideen für den Artikel über mich aus ihm heraus.

»Am besten schieße ich ein Foto von dir, wenn du mit deinem Besen eine Runde über unser Dorf fliegst. Ich sehe die Schlagzeile schon vor mir: *Helena ist zurück.*«

»Das überlasse ich ganz dir!« Ich lachte.

»Meinst du, ein Termin gleich heute Abend für eine Art Pressekonferenz wäre zu kurzfristig, um ein paar Repräsentanten der Öffentlichkeit und einige Journalisten einzuladen?«

Andreas schüttelte den Kopf.

»Nein, ich rufe gleich im Rathaus an. Und du ahnst ja nicht, wie schnell die Vertreter der Presse sein können, wenn irgendwo etwas Spektakuläres passiert. Schließlich ereignen sich zum Beispiel Naturkatastrophen auch nicht nach einem festen Terminkalender.«

Wir vereinbarten, dass er so schnell wie möglich den Artikel verfasste und ihn online stellte.

»Perfekt. Dann fehlt jetzt nur noch das Foto. Du willst eines aus der Luft? Dann musst du auch recht weit oben stehen, oder?«, fragte ich.

»Das wäre vorteilhaft«, meinte er.

»Gut. Hast du deine Kamera?«, wollte ich wissen. Er kramte in seiner Schublade und zog sie hervor.

»Bist du bereit?«, fragte ich und er nickte.

»Ich hoffe, du bist schwindelfrei und hast keine Höhenangst«, warnte ich ihn, und ehe er sich's versah, hexte ich uns auf die Aussichtsplattform des Untersöcheringer Kirchturms.

»Wow! Das ist unglaublich!«, kreischte er entzückt. Ich zauberte mir meinen Besen herbei und flog ein Stück vom Kirchturm weg, um so besser für das Foto posieren zu können.

»Genial! Einfach Wahnsinn! Du wirst dich wundern. Dieses Bild wird sich wie ein Lauffeuer verbreiten«, versicherte er mir, bevor ich mich verabschiedete und ihn zurück in sein Büro hexte.

»Wie ist es gelaufen?«, erkundigte sich Lorenzo, als ich ihn in seinem Büro im Schloss aufsuchte. Ich ließ mich auf seinen Schreibtisch nieder und ließ meine Füße baumeln.

»Besser, als ich dachte. Schon heute Abend findet die Pressekonferenz statt. Oh, Lorenzo! Ich kann dir gar nicht sagen, wie befreiend es war, außerhalb des Waldes zu hexen. Ich fühle mich wie ein neuer Mensch ... äh, neue ... Ach, du weißt, was ich meine«, antwortete ich ihm augenzwinkernd.

»Es freut mich, dich so unbeschwert zu sehen, liebste Helena.«

»Ich glaube, jetzt wird wirklich alles gut«, äußerte ich überzeugt.

»Das wird es gewiss. Ich habe auch ein gutes Gefühl.«

Plötzlich wurde seine Miene ernster.

»Was ist los?«, hakte ich nach.

»Ich hätte nur eine Bitte. Die Waldbewohner sind beunruhigt. Sie haben erfahren, dass du dich den Menschen offenbaren willst. Durch das magische Band sind wir Übernatürlichen vor Eingriffen durch die Menschen geschützt und trotzdem bleibt nach den Erfahrungen der Vergangenheit und den jüngsten Ereignissen Angst. Angst, dass die Menschen zu viel über unser Dasein erfahren und uns dadurch eines Tages wieder Schaden zufügen könnten.«

»Aber ich würde es niemals zulassen, dass etwas Derartiges geschieht«, beteuerte ich. Lorenzo versicherte mir, dass er mir glaube, aber die übrigen Waldbewohner nach wie vor äußerst misstrauisch reagierten, wenn es um das Thema Menschen ging.

Mir kam eine Idee und ich unterbreitete Lorenzo einen Vorschlag.

»Was hältst du davon, wenn ich über Cleopha allen Bewohnern des übernatürlichen Königreichs eine Nachricht zukommen lasse? Mit dem Inhalt, dass ich nicht vorhabe, etwas über diesen Teil der Welt zu enthüllen, sondern auf der Pressekonferenz nur über mich selbst sprechen werde, um Rubinas Bedingung zu erfüllen.«

Ich schlug vor, alle übernatürlichen Wesen um neunzehn Uhr am eisblauen See zu versammeln. Dort sollten sie über ein von mir gezaubertes Hologramm die Pressekonferenz mitverfolgen können.

»Das würde die Waldbewohner gewiss besänftigen«, bestärkte mich Lorenzo und ich bereitete in den kommenden Stunden alles für das abendliche Ereignis vor.

29. Kapitel

Als es so weit war, traf ich mich mit meiner Familie im Büro von Andreas M. im Gebäude des »Söcheringer Tagblatts«. Er kam zu uns und warf nervös einen Blick auf die Uhr.

»Ihr ahnt nicht, was im Tagungsraum im Erdgeschoss los ist. Unzählige Journalisten und Filmteams streiten sich um die besten Plätze. Und auch Vertreter der Gemeinde sind erschienen.«

»Dann lassen wir sie nicht länger warten«, erwiderte ich entschlossen und spürte meine eigne Nervosität aufflammen.

»Viel Glück, Helena. Du machst das schon«, ermunterte mich mein Papa. Er, meine Mama und meine Geschwister blieben hier oben in Andreas' Büro, um dem Medienrummel, zumindest fürs Erste, aus dem Weg zu gehen.

Andreas führte mich einen Stock tiefer in den Tagungsraum. Er öffnete die Tür und die Menge verstummte. Ich spürte die Blicke jedes Einzelnen auf mir ruhen. Die anfängliche Stille hielt jedoch nicht lange an. Nur Bruchteile von Sekunden später brach ein Blitzlichtgewitter los. Jeder Reporter versuchte die beste Ansicht für ein Foto oder eine Videoaufnahme von mir zu bekommen. Alle riefen wild durcheinander, sodass es mir nicht möglich war, auch nur einen vollständigen Satz zu verstehen. Unsicher suchte ich den Blick von Andreas. Er nickte mir aufmunternd zu.

»Ignoriere das. Setzen wir uns einfach und machen alles wie besprochen.«

Andreas hatte im Vorfeld einen Tisch, zwei Stühle und Tischmikrofone an der vorderen Front des Saals für uns bereitgestellt. Wir nahmen Platz und Andreas eröffnete die Pressekonferenz.

»Sehr verehrte Damen und Herren, ich begrüße Sie zu einer Weltsensation! Dieses junge Mädchen hier …«

Er deutete auf mich.

»… stand heute Vormittag plötzlich in meinem Büro. Sie alle kennen ihr Gesicht und ihre Geschichte. Es ist das verschollene Mädchen aus der Vampirischen Region. Für mich war es nicht nur ein Gesicht aus den Medien. Nein. Ich kenne sie schon von klein auf und ihr Verschwinden hat mich sehr erschüttert. Stunden, Tage, Monate vergingen damals, und es gab keine Spur, die zu ihr führte. Es war traurig mitanzusehen, dass die Hoffnung der Angehörigen, sie wieder in die Arme schließen zu können, nach und nach erlosch. Niemand traute sich den Gedanken zu Ende zu denken, dass sie womöglich tot ist. Andererseits war die Chance, sie unversehrt wiederzufinden, nach dieser langen Zeit sehr gering. Doch Gewissheit über ihr Schicksal gab es nie. Die Ungewissheit über den Verbleib eines geliebten Menschen ist für Angehörige oft schlimmer zu ertragen als eine traurige Gewissheit. Doch nun ist die Ungewissheit vorbei und ich freue mich, Ihnen die überwältigende Nachricht zu überbringen: Helena ist wieder heimgekommen. Sie ist nicht mehr das Mädchen von damals, aber das wird sie Ihnen nun selbst erzählen.«

Ich blickte auf die dicht an dicht vor mir sitzenden und stehenden Menschen. Ich schaute in neugierige und nicht in ängstliche Augen. Es war so leise, dass man die sprichwörtliche Stecknadel hätte fallen hören können. Ich holte Luft und begann meinen zurechtgelegten Text vorzutragen.

»Hallo, liebe Anwesende. Mein Name ist Helena von Bayersberg. Ja, es ist wahr, was sie in dem Online-Artikel von Andreas M. über mich gelesen haben. Ich bin eine Hexe. Um Ihnen zu beweisen, dass das veröffentlichte Foto auf der Website des ›Söcheringer Tagblatts‹ *echt* ist, zaubere ich Ihnen gern etwas vor. Andreas, hast du einen Wunsch?«

»Hm ... Bei dem kalten Wetter vielleicht eine Tasse heißen Punsch?«, überlegte er und ich nickte.

»*Omnium librorum ferrum Calix*«, wisperte ich. Einen Herzschlag später hielt jeder der Anwesenden das gewünschte Getränk in der Hand. Ein erstauntes Raunen ging durch die Menge. Andreas bat wieder um Ruhe und ich setzte meine Rede fort.

»Ich weiß, dass Sie viele Fragen haben. Mir ging es ja früher ebenso wie Ihnen. Ich erinnere mich nur zu gut daran, dass der Streit um die geheimnisvolle Vampirische Region die Menschheit in zwei Gruppen gespalten hat. Die eine Gruppe, die wirklich daran glaubt, dass noch etwas anderes zwischen Himmel und Erde existiert, als unsere Sinne wahrnehmen können, und die andere Gruppe, die übernatürlichen oder paranormalen Phänomenen nichts abgewinnen kann. Nun sitze ich hier, quasi als lebender Beweis für all die Theorien und wissenschaftlichen Erkenntnisse über Hexen und andere Wesen: Ja, es gibt uns wirklich. Sie haben es mit eigenen Augen gesehen: Ich kann hexen. Und nun möchte ich nur noch so viel verraten: Mir geht es gut und ich lebe jetzt in dem sagenumwobenen Wald der Vampirischen Region. Ab und an wird man mich in Untersöchering antreffen, denn mit meiner Familie bleibe ich in stetem Kontakt. Doch ich versichere Ihnen, dass von mir keine Gefahr ausgeht. In der Vergangenheit nicht, heute nicht und in Zukunft nicht. Bevor ich mich von Ihnen verabschiede, möchte ich mich bedanken bei all jenen, die sich an der Suche nach mir beteiligt haben. Des Weiteren bitte ich Sie, von Fragen an meine Familie Abstand zu nehmen. Meine Angehörigen haben eine schwierige Zeit hinter sich und nun sollen sie endlich zur Ruhe kommen. Wenden Sie sich an Andreas M., wenn noch Fragen offen sind. Vielen Dank für Ihre Aufmerksamkeit.«

Um mir nicht noch einmal den Weg durch die Meute bahnen zu müssen, entschied ich mich dafür, meinen Abgang etwas dramatischer zu gestalten.

»Jetzt bist du an der Reihe«, flüsterte ich Andreas zu.

»Danke«, sagte er und ich sah seine funkelnden Augen, in denen sich Glückseligkeit spiegelte. Sein persönlicher Traum vom gefeierten Starreporter in der Zeitungswelt wurde wahr. Es war wirklich eine ausgezeichnete Idee von Cleopha, ihn mit dem Verfassen des Artikels zu beauftragen. Ich freute mich, ihm aller Hindernisse zum Trotz nun doch noch zu seinem Glück verhelfen zu können. Bestimmt hätte Andreas auch andere Wege gefunden, um sein Ziel zu erreichen, aber durch mein Foto, das mich hoch über meinem Dorf auf meinem Besen zeigte, öffneten sich für ihn die Türen in dieser Branche noch schneller.

»Bis bald«, erwiderte ich leise und sprach in Gedanken einen Zauber, der mich zurück in den Wald brachte. Ich spürte, wie sich der dunkelviolette Nebel manifestierte und mich einhüllte. Bevor ich mich in Luft auflöste, hörte ich noch, wie zahlreiche Anwesende auf Andreas M. einzureden begannen und erneut das Klicken der Kameras einsetzte. Lächelnd kehrte ich zurück *nach Hause*.

30. Kapitel

Ich zauberte mich direkt an den eisblauen See. Dorthin, wo sich die Waldbewohner versammelt hatten. Ich reihte mich in die Gruppe um Lorenzo, Mila und Cleopha ein.

»Das hast du gut gemacht«, lobte mich meine magische Feder. Ich zwinkerte ihr zu und Lorenzo informierte mich über die aktuelle Stimmungslage im Wald.

»Was die Menschheit mit diesem neu gewonnenen Wissen macht, weiß ich nicht, aber die Waldbewohner sind wieder guter Dinge.«

»Das ist doch schon mal ein Anfang«, begann ich und richtete das Wort an die Menge der Umstehenden.

»Seid gegrüßt, liebe Waldbewohner. Ich hoffe, die letzten Zweifel an meiner Loyalität sind nun ausgeräumt. Ich weiß, dass es einigen von euch ein Dorn im Auge ist, dass ich den Menschen verbunden bin, aber daran wird sich nichts ändern – ebenso wie sich nichts daran ändern wird, dass ich euch verbunden bin. Lasst uns darauf anstoßen und es genießen, dass die Geschichte noch einmal gut ausgegangen ist. Für die Übernatürlichen *und* die Menschen.«

Ich hexte uns allen ein Getränk in die Hand, wie wenige Minuten zuvor den Menschen. Allerdings befand sich in unseren Gläsern kein Punsch. In jedem Becher war etwas anderes vorzufinden. Beispielsweise bei den Vampiren Blut und bei den Feen bunter Nektar. Wir prosteten uns zu. Als die Gläser geleert waren und sich die Waldbewohner wieder in alle Richtungen zerstreuten, fiel mir plötzlich auf, dass jemand fehlte.

»Wo ist eigentlich Silas?«, erkundigte ich mich bei meinen magischen Freunden.

»Den habe ich schon seit längerer Zeit nicht mehr gesehen«, erwiderte Lorenzo schulterzuckend. Die Tatsache schien ihm nicht sonderlich viel auszumachen. Auch Mila und Cleopha wussten nicht, wo sich Silas aufhielt.

»Dann begebt euch ruhig schon zum Schloss. Ich werde ihn suchen«, sagte ich. Zu meinem Erstaunen mokierte sich Lorenzo nicht darüber, er war aber auch nicht begierig darauf, mitzukommen. Mittlerweile wurde es akzeptiert, dass ich mit Silas befreundet war.

Lorenzo nickte mir zustimmend zu und gab mir einen Kuss. Meine magischen Freunde verabschiedeten sich und flogen davon. Ich stand nun allein am Ufer des eisblauen Sees. Nach dem ganzen Trubel tat die Ruhe, die mich in diesem Moment umgab, gut. Ich atmete ein paarmal tief die angenehme Luft ein und beschloss dann Silas zu suchen. Doch das war nicht nötig. Unerwartet trat er hinter den gewaltigen Baumstämmen, die unendlich hoch in den Himmel ragten, hervor und applaudierte mir. Er war nicht feindselig. Im Gegenteil.

»Gratuliere. Du hast es geschafft. Die Ordnung der Welt ist wiederhergestellt.«

»Du hast einen wesentlichen Teil dazu beigetragen. Wo warst du die ganze Zeit?«, erkundigte ich mich und ging ein paar Schritte auf ihn zu.

»Ich glaube nicht, dass mich irgendjemand vermisst hat«, wich er mir aus.

»Doch. Ich zum Beispiel«, entgegnete ich und er lächelte mich schwach an.

»Das war's aber auch schon.«

Ich zuckte mit den Schultern.

»Das glaube ich wiederum nicht. Ohne dein Einwirken

hätte unsere Welt nicht gerettet werden können. Du, der meistgefürchtete Vampir des Waldes, hat einen entscheidenden Teil dazu beigetragen, die Katastrophe abzuwenden. Warum hast du dich vorhin nicht unter die Waldbewohner gemischt? Die Gelegenheit wäre ideal gewesen, dich wieder zu integrieren …«

»Helena, warte«, unterbrach mich Silas. »Ich weiß es zu schätzen, dass du dich für mich einsetzt, aber ich will das gar nicht. Ich habe es dir schon einmal gesagt: Die restlichen Waldbewohner sind mir nicht wichtig. Das waren sie noch nie und das wird sich auch nicht ändern. Um zu deiner Frage zurückzukommen: Ich war in meiner Burg, um dort nach dem Rechten zu sehen, weil ich wusste, dass du den Rest der Mission ohne mich bewältigen kannst.«

»Und jetzt? Was verschlägt dich hierher?«, wollte ich herausfordernd wissen.

»Ich wollte sehen, wie es dir geht. Die Elfenzwillinge haben mir berichtet, dass nach der Vollstreckung des Zaubers deine Tante im Wald gesichtet wurde. Wenn meine Informationen richtig sind – als Vampir?«

Ich bestätigte es und erzählte ihm den weiteren Verlauf.

»Wissen deine Eltern schon, dass sich deine Verwandten für ein Leben als Vampire entschieden haben?«, fragte er anschließend und ich schüttelte den Kopf.

»Ich kann es mir nicht vorstellen«, erwiderte ich lächelnd.

Sophia und Leopold wollten sicher zunächst einige Zeit verstreichen lassen. Sie mussten sich ja selbst erst mit ihrer neuen Lebenssituation vertraut machen, ehe sie ihr Geheimnis der restlichen Familie offenlegten. Es würde noch einmal spannend werden, wenn unsere Familie die Hiobsbotschaft übermittelt bekam. Über meine Verwandlung in eine Hexe waren meine Eltern und Geschwister schon geschockt, aber die Erleichterung, dass ich lebte, war letztendlich größer als der Kummer über mein neues Ich. Sophia und Leopold hingegen hatten aus freiem Willen die Entscheidung getroffen, in der übernatürlichen Welt zu leben ...

»Zurück zu dir«, begann ich.
»Was hast du jetzt vor? Jetzt, wo wir wieder frei und sicher leben können und du deine alten Zauberkräfte zurückgewonnen hast.«
Ehe ich mich's versah, war er mit vampirischer Schnelligkeit bei mir. Der entstandene Luftstrom wehte mir eine Haarsträhne ins Gesicht, die mir Silas sanft von der Wange strich. Er stand so nah bei mir, dass sich unsere Nasenspitzen beinahe berührten. Von seinem kalten Atem bekam ich eine Gänsehaut. Was hatte er vor? Er öffnete den Mund.
»Ich ...«
»HILFE!«
»AAAAAAAH!«
Markerschütternde Schreie ließen uns auseinanderschnellen. Jede Faser meines Körpers war augenblicklich angespannt. Suchend und mit klopfendem Herzen blickte ich mich um.
»Die Schreie kamen vom Schloss«, stellte Silas fest. Ich schaute in die Höhe, um das hoch über den Baumkronen auf einer Anhöhe liegende Schloss zu erspähen. Majestätisch thronte es auf der Spitze des Berges. Der Mond, der von einem der Außentürme halb verdeckt war, beleuchtete das Szenario. Die Fenster des Schlosses waren weit geöffnet und aus jeder Öffnung flatterten Schwärme von Raben. Innerhalb von Bruchteilen von Sekunden umringte eine riesige schwarze flügelschlagende Armada das majestätische Gemäuer.

»Was ist das?«, rief ich panisch und lief im selben Moment los. Silas folgte mir.

»Du meinst wohl eher: *Wer* ist das? Den vielen Raben nach zu urteilen, kann es sich nur um eine handeln.«

»Rubina!«, entfuhr es uns beiden gleichzeitig.

31. Kapitel

Kurze Zeit später erreichten wir das Schloss. Auf dem Weg dorthin gingen mir tausende Gedanken durch den Kopf. Hatte ich mich getäuscht? Gehörte Rubina doch zu den bösen Mächten? Hatte ihre gewaltige Stärke sie verändert?

»Geht es euch gut?«, keuchte ich, als ich Lorenzo, Mila und Cleopha erblickte. Sie hatten sich mit einer Gruppe von Schlossbewohnern äußerst sorgenvoll vor dem Tor des Haupteingangs versammelt.

»Wir sind unversehrt«, erwiderte Mila. Ihre Stimme wirkte ängstlich.

»Das ganze Schloss ist voller Raben!«

»Weißt du, was das zu bedeuten hat?«, fragte Lorenzo. Auch er wirkte verwirrt.

Bedauernd schüttelte ich den Kopf.

»Nein, aber ich finde es heraus.«

Ich hexte mir meinen Besen herbei.

»Sollen wir mitkommen?«, fragte Silas.

»Bleibt lieber hier bei den anderen Waldbewohnern. Im Notfall könntet ihr sie verteidigen«, entgegnete ich ihm und murmelte den Spruch, der mich losfliegen ließ. Ich hob ab und schwang mich in die Lüfte. Hoch und immer höher. Bald lagen die Turmspitzen unter mir. Ich umrundete den Palast. Immer wieder musste ich dabei Raben ausweichen, die meinen Weg kreuzten. Ich schlängelte mich durch die Vogelmassen, bis ich an dem Punkt angelangt war, an dem sie sich alle am Himmel sammelten. Plötzlich landete ein Rabe auf meinem Besenstiel. Erschrocken versuchte ich ihn zu verscheuchen, doch er bewegte sich keinen Millimeter fort. Hektisch wedelte ich mit den Händen nach ihm.

»Gscht! Verschwinde!«

»Helena, ich bin es«, meinte er besänftigend, als er meiner Hand auswich. Die Stimme kam mir bekannt vor.

»Corax?«, fragte ich unsicher. Er nickte.

Erleichtert ließ ich ihn gewähren und überließ ihm einen Platz auf meinem Besen.

»Was in Gottes Namen ist hier los?«, fragte ich. Wenn mir einer diese Frage beantworten konnte, dann er. Als einer von Rubinas Raben befand er sich praktisch direkt an der Quelle.

»Rubina reist aus der Zeitzone in diese Welt«, erklärte er.

»Was?!«, rief ich entsetzt aus.

»Aber was passiert dann mit dem Gleichgewicht zwischen den Welten? Wenn sie es nicht mehr zusammenhält, wer dann?«

Ein Donnergrollen ließ mich zusammenzucken. Dunkle Wolken brauten sich über der Rabenansammlung zusammen und Finsternis breitete sich über die Schlossmauern aus.

»Sie hat es geschafft«, kommentierte Corax.

»Rubina erreicht den Wald.«

Ich wandte meinen Blick von ihm ab und betrachtete das mystische Spektakel, das sich nun bot. Ein weißer funkelnder Lichtstern bildete sich inmitten der Dunkelheit. Er wurde größer und größer. Er zerbarst schließlich wie ein Feuerwerkskörper. Ein Funkenregen setzte ein, und als dieser erloschen war, manifestierte sich eine Gestalt. Ein junges, hell leuchtendes Mädchen setzte seine Füße leicht auf den Rabenschwarm, der unter ihr wie ein wallender Teppich unmerklich auf und nieder schwebte. Sie begutachtete ihre Hände und Füße.

»Endlich«, hörte ich sie sagen.

»Rubina ...«, flüsterte ich. Sie hob den Blick und entdeckte mich. Freudig blitzte es in ihren Augen auf.

»Helena.«

Der Rabenschwarm mit der lichten Gestalt setzte sich in Bewegung und näherte sich mir. Nur wenige Meter vor mir verhielt er. Ich war gefesselt von Rubinas Anblick. Sie sah wunderschön aus und überhaupt nicht *böse*. Ihr langes Haar, das so schwarz war wie einst ihre Blütenblätter, war aufwändig zu Zöpfen geflochten, die ihr an einer Seite über die Schulter fielen. Ihre Haut war weiß wie frischer Schnee und ihre Lippen tatsächlich rot wie Blut. Schneewittchen kam mir in den Sinn. Sie trug ein schwarzes Kleid, das am Rock mit dunklen Federn geschmückt war.

»Darf ich vorstellen ...«, sagte Corax. »... Rubina, das Rabenmädchen.«

Sie deutete einen Knicks an.

»Ich freue mich, dich persönlich zu treffen, Helena. Königin der Übernatürlichen.«

»Es ist mir ebenfalls eine Ehre. Doch kläre mich bitte auf, Rubina. Wer gibt nun auf das Gleichgewicht Acht, wenn nicht du?«

»Wie ich es dir bereits sagte, habe ich mich über unzählige Jahre von der vereinten Kraft des Hexenzirkels genährt. Und nun bin ich so stark, dass ich es schaffte, mich aus dem Körper der Rose, in dem ich gefangen war, zu lösen. Sei unbesorgt. Ich kann meine Hülle auch von hier aus steuern.«

Ihre Worte klangen aufrichtig, jedoch verstand ich nicht ganz, was Rubina hierherführte und was sie bezweckte. Ihre Macht war noch stärker, als ich vermutet hatte. Wenn sie wollte, könnte sie die Kontrolle über die ganze Erde übernehmen.

»Ich sehe, du kannst mein Tun nicht einordnen. Nun, lass

es mich dir erklären. Hast du Zeit?«, fragte sie und warf einen Blick in die Tiefe. Dort hatte sich vor dem Schloss eine Schar Waldbewohner versammelt, darunter Lorenzo, Silas, Mila und Cleopha, die allesamt zu uns emporblickten. »Vielleicht können wir uns ein ungestörtes Plätzchen suchen?«

»Natürlich«, stimmte ich zu und deutete meinen Freunden an, dass ich die Situation so weit unter Kontrolle hatte und sie sich zerstreuen konnten. Ich lotste Rubina zur Dachterrasse des Schlosses und wir machten es uns auf der Couch bequem. Ihre Raben schickte sie weg und sie entschwanden über die Baumkronen in die Ferne.

»Rubina ...«, setzte ich an. »... du hast gerade erklärt, dass du in dem Körper der Rose *gefangen* warst. Ich ging davon aus, dass du freiwillig in ihr eingeschlossen warst.«

»Oh doch«, sagte sie beschwichtigend. »Das war auch freiwillig, aber mit der Zeit hat es sich wie ein Käfig angefühlt. Bis du aufgetaucht bist, war mein Alltag ziemlich eintönig. Ich habe dir Corax nicht nur aus den von ihm genannten Gründen geschickt, sondern auch, um hin und wieder mit jemandem sprechen zu können.«

»Und nun hast du festgestellt, dass das Sprechen allein nicht ausreicht und dass du die Gesellschaft von anderen Wesen brauchst?«, schlussfolgerte ich und sie nickte.

»Ja. Ich habe schon länger mit dem Gedanken gespielt, einmal meine Hülle zu verlassen, aber bisher machte es keinen Sinn. Alle, die ich kannte, sind tot oder leben in der passiven Sphäre. Doch die Begegnungen mit dir haben mich dazu ermutigt, einfach einmal auszuprobieren, ob ich dazu fähig wäre, mich zu euch in den Wald zu zaubern.«

»Was, wie man sieht, geklappt hat«, erwiderte ich. Ich

legte die Hände in den Schoß und bat sie, mir ihre Geschichte zu erzählen.

»Seit ich zum ersten Mal deine Stimme in meinem Kopf gehört habe, war ich neugierig, wer sich wohl dahinter verbirgt. Bitte erzähle mir alles über dich.«

»Also gut«, begann sie. »Meine Wurzeln liegen wie deine in Bayern.«

»Wirklich?«, fuhr ich überrascht auf.

»Du hast dich doch sicher schon oft gefragt, warum der Standort der schwarzen Rose und dieser besonderen Zeitzone ausgerechnet der Walchensee ist. Ganz einfach – es ist meine Heimat.«

»Das ist ja unglaublich!«, staunte ich und fühlte mich gleich mit Rubina verbunden. Damit hätte ich nie gerechnet. Gespannt lauschte ich weiter ihren Worten.

»Ich bin zu einer Zeit geboren, in der man sich nicht der Liebe wegen vermählt hat, sondern weil man sich durch die Ehe Vorteile für die Familie versprochen hat. Mein Vater Zacharias wurde durch die Hochzeit mit meiner Mutter Theresia zu einem verhältnismäßig wohlhabenden Landwirt. Die beiden verspürten von Anfang an Abneigung gegeneinander. Theresia vermochte mich deshalb auch nicht zu lieben, als ich auf die Welt kam, weil sie meine Existenz automatisch mit Zacharias verband. Als ich zum ersten Mal meine Augen öffnete und Theresia sah, dass sie schwarz waren, war sie überzeugt, dass ich verflucht war, und wollte sich meiner entledigen. Sie übergab mich einer hungrigen Nachbarin, die mich für einen Laib Brot und eine Kiste voller Erntegüter aussetzen sollte. In einem an den Walchensee angrenzenden Waldstück wurde ich gefunden. Von Flavia und Harrison. Sie waren auf der Durchreise auf dem Weg zurück nach Italien und nahmen mich mit. Sie nahmen mich bei sich auf und zogen mich groß. Bis zu meinem dreizehnten Geburtstag führte ich ein unbeschwertes Leben.«

»Was ist dann passiert?«, fragte ich gespannt und Rubina seufzte.

»Es kam der Tag, an dem der Hexenzirkel beschloss, das magische Band zu erschaffen. Durch meinen Rabenfluch war ich keine gewöhnliche Sterbliche, aber eben auch keine vollwertige Übernatürliche, was bedeutete, dass der mächtige Zauber es nicht gestattete, dass ich im Wald leben durfte. Die Vorstellung, allein in der Menschenwelt zurückzubleiben, machte mir große Angst. Flavia und Harrison ließen mich aber nicht im Stich. Im Gegensatz zu meinen leiblichen Eltern kämpften sie für mich. Sie ließen sich etwas einfallen, durch das mein Leben geschützt und erhalten wurde: indem ich von ihnen in den Zauber mit eingeschlossen wurde und zur schwarzen Rose wurde. In dieser Form wurde ich unsterblich.«

Ich war tief berührt von Rubinas Geschichte. Es war wirklich traurig, dass ihre Mutter sie verstoßen hatte.

»Ich hatte ja keine Ahnung …«, begann ich tröstend und Rubina erzählte mir, dass sie gemeinsam mit ihren Pflegeeltern damals beschlossen hatte, ihre neue Existenzform für sich zu behalten.

»Aus Rücksicht auf Evolet haben wir damals so entschieden. Wie du weißt, konnte sie einst ihre sterbliche Familie nicht retten.«

»Das stimmt, aber jetzt verweilt Evolet in der passiven Sphäre und hat gewissermaßen auch ihr Glück gefunden.«

Mir fiel ein, dass Rubina anfangs ihre schwarzen Augen und etwas von einem Rabenfluch erwähnt hatte. Ich erkundigte mich, was es damit auf sich hatte.

»Das ist ein Fluch, der nicht ansteckend ist oder weitervererbt wird. Manche Menschen werden einfach damit geboren.«

»Ist es ein böser Fluch?«, hakte ich nach. Rubina lachte.

»Nein. Diese wunderschönen schwarzen Raben werden aufgrund ihrer Farbe immer automatisch mit etwas Dunklem, Negativem in Verbindung gebracht. Doch lass dir eines gesagt sein: Schwarz ist nicht immer ein Zeichen des Grauens. Zumindest in meinem Fall nicht. Eigentlich ist der Fluch relativ harmlos. Er beinhaltet die besondere Fähigkeit, mit Raben auf verschiedenste Arten zu kommunizieren und die Tiere zu kontrollieren.«

»Ich habe nie von etwas Vergleichbarem gehört.«

»Der Fluch wurde in den Zeiten der Hexenverfolgung auch fast vollständig ausgerottet. Seine Trägerinnen landeten häufig auf dem Scheiterhaufen. Heute tritt er nur noch in schwacher Form auf. Du kennst bestimmt Pferde-, Hunde- oder Katzenflüsterer. Diese oder andere Tierflüsterer verfügen manchmal noch über diese Gabe«, erklärte sie mir.

»Das ist interessant. Aus der Menschenwelt kenne ich solche Tierflüsterer, aber ich hätte hinter ihrer Befähigung nie einen gutartigen Fluch vermutet.«

Wir plauderten noch eine Weile, bis ich Rubina schließlich fragte, welche weiteren Pläne sie verfolge.

»Du meinst, ob ich vorhabe, im Wald zu bleiben?«, fragte sie und ich nickte. Sie überlegte. »Für heute ist meine Zeit hier um. Ich werde mich nun wieder in die Hülle der schwarzen Rose zaubern, aber wenn du nichts dagegen hast, besuche ich dich fortan öfter.«

Ich lächelte.

»Gern! Es würde mich sehr freuen.«

»Und beim nächsten Mal erzählst du mir von der Zeit, bevor du eine Hexe wurdest.«

»Abgemacht«, stimmte ich zu und dachte euphorisch, dass wir bestimmt gute Freundinnen werden könnten. Es war sicherlich nicht verkehrt, jemanden wie Rubina an seiner Seite zu wissen.

32. Kapitel

»Endlich! Du bist wieder da!«
»Helena, geht's dir gut?«
»Was wollte Rubina?«
»Wo ist sie jetzt?«
»Ist das Gleichgewicht wieder in Gefahr?«

Als ich im Prachtsaal des Schlosses eintraf, prasselten aus allen Richtungen Fragen auf mich ein. Ich verstand mein eigenes Wort nicht mehr und forderte Ruhe ein.

»Stopp! Langsam! Alles der Reihe nach!«, rief ich.

Meine magischen Freunde warteten mit den anderen Waldbewohnern ebenfalls nervös auf meine Rückkehr.

»Es ist alles in Ordnung«, beruhigte ich die Menge und hob beschwichtigend die Hände.

»Von Rubina droht uns keine Gefahr! Sie wird uns ab sofort öfter besuchen, aber das ist kein Grund zur Beunruhigung. Vertraut mir. Sie ist mit dem Körper der schwarzen Rose verbunden und kann ihn, wenn sie sich bei uns im Wald aufhält, auch von hier aus steuern.«

»Aber wie ist das möglich?«, hakte Silas nach, der sich überraschenderweise auch unters Volk gemischt hatte.

»Diese Frage kann ich dir beantworten, Silas. Der Boden, auf dem diese einzigartige Blume wächst, ist aus purer Magie entstanden. Er nährt sie, was die Rose letztendlich auch zu etwas Magischem macht.«

»Das haben die primum maleficis damals wahrscheinlich nicht bedacht. Welch ein Glück, dass diese Rubina offensichtlich ein gutes Herz besitzt«, überlegte Lorenzo.

Ich aber war mir nicht ganz sicher, ob Lorenzo recht hatte, und malte mir aus, dass Flavia und Harrison vielleicht doch alles bedacht hatten und sich für ihre Tochter eines Tages die Freiheit wünschten. Und dass sie auf unvorstellbar große Macht zugreifen konnte, damit ihr niemals irgendjemand Leid zufügen konnte.

Als sich die Menge zerstreut hatte, gingen Lorenzo, Mila, Cleopha und ich noch auf die Dachterrasse, um über Rubina zu sprechen. Ich erzählte ihnen detailliert von unserem Treffen. Zu später Stunde verabschiedete ich mich gähnend von der Runde und machte mich auf den Weg zu unserem Schlafgemach. Lorenzo wollte in einer halben Stunde nachkommen, er hatte noch etwas zu erledigen. Als ich die Zimmertür hinter mir schloss und das kleine Nachtlicht anknipste, musste ich einen Aufschrei unterdrücken. Silas saß in einem Sessel am Fenster und wartete offensichtlich auf mich.

»Was machst du hier?«, zischte ich ihn an.

»Wir wurden vorhin unterbrochen«, knurrte er.

»Hast du den Verstand verloren? Deshalb kannst du doch nicht einfach hier ... hier sitzen. Was hättest du gemacht, wenn Lorenzo mich begleitet hätte?«

Er zuckte mit den Schultern.

»Hat er ja nicht, und wenn er es getan hätte, dann hätte ich mich oder ihn vielleicht weggezaubert.«

Ich schüttelte den Kopf.

»Das ist wieder typisch für dich.«

Als ich mich danach kurz abwandte, um das Oberlicht einzuschalten, nutzte Silas seine vampirische Schnelligkeit und stand urplötzlich wie aus dem Boden gewachsen vor mir. Es war die gleiche Situation wie am eisblauen See, bevor Rubina auftauchte.

»Silas, was willst du?«, fragte ich. Doch im Grunde kannte ich die Antwort und hatte sie nur verdrängt. Er wollte *mich* küssen. Silas, dem ich ungefähr so viele Gefühle zutraute wie einem Sofakissen, öffnete sein Herz. Mir. Silas, der Unnahbare. Wie konnte ein verkörperter Bösewicht wie er mir langweiliger, durchschnittlich aussehender Hexe etwas abgewinnen? Ich gebe zu, dass ich mich durch seine Avancen geehrt fühlte und sie mich auch ein bisschen reizten, aber wenn ich auch nur ansatzweise darauf einging, war das ein Spiel mit dem Feuer, an dem ich mich früher oder später verbrennen würde. Deshalb wich ich einen Schritt zurück, ehe er auf meine Frage antworten konnte.

»Silas. Bitte lassen wir es zwischen uns so, wie es ist.«
»Was ist es denn?«
»Etwas Besonderes«, erwiderte ich ernst. Die Gefühle, die ich für Lorenzo hatte, als ich ihn zum ersten Mal am Waldrand sah, waren so anders, so viel klarer als die, die ich für Silas empfand. Ich liebte Lorenzo und daran würde sich auch nichts ändern.

»Lorenzo ist mein Mann, aber du bist mein Freund. Ein Freund, den ich in meinem Leben nicht mehr missen möchte, und ...«

Im Flur näherten sich Schritte. Lorenzo würde in wenigen Sekunden eintreten. Silas verdrehte die Augen.

»Dann lassen wir es für heute so stehen. Gute Nacht, teuerste *Freundin*.«

Ehe ich mich's versah, berührten seine Lippen meine Wange. Nach dem hauchzarten Kuss zauberte er sich weg und löste sich, noch bevor ich reagieren konnte, vor mir in Luft auf.

»Helena. Ich habe mich beeilt«, sagte Lorenzo, als er Sekunden später den Raum betrat.

»Ja. Das ... das freut mich«, stammelte ich.

»Geht es dir gut?«, wollte er wissen und musterte mich besorgt. Er nahm mein Gesicht in seine Hände und erst in diesem Augenblick bemerkte ich, dass ich mir meine Hand an die Wange hielt. An die Stelle, die Silas gerade berührt hatte.

»Ich ... ich habe einfach nur gerade ...«

»Was?«, hakte Lorenzo nach.

»Ich habe einfach über die letzten Tage nachgedacht und war noch zu aufgewühlt, um mich hinzulegen.«

Verständnisvoll umarmte mich Lorenzo. Ich schloss die Augen und schob die Gedanken an Silas beiseite. Es war schon gut so, wie es war. Bei Lorenzo fühlte ich mich sicher und geborgen. Ihm vertraute ich bedingungslos und wusste, dass ich mich auf ihn stets verlassen konnte. Mit ihm wollte ich mein langes Leben verbringen ...

33. Kapitel

Liebes Tagebuch,
mein letzter Eintrag liegt lange zurück. Ein ganzes Jahr, stelle ich gerade fest. Du kennst meinen menschlichen Alltag, der mit dem einer Hexe nicht zu vergleichen ist. Hier im Wald jagt ein aufregendes Abenteuer das nächste. Letztes Jahr hätte es beispielsweise beinahe das Weihnachtsfest nicht mehr gegeben – aber wir haben es zum Glück noch retten können. Nach dem Jahreswechsel ist dann Ruhe eingekehrt in der übernatürlichen Welt. Alle Gefahren sind gebannt, wir können wieder sorglos in den Tag hineinleben, und auf die kurz bevorstehenden diesjährigen Weihnachtsfeiertage freuen wir uns alle sehr. Ob in der Menschenwelt auch Harmonie eingekehrt ist? Du meinst, bei meiner Familie? Wenn ich mir die Wetterkarte von Untersöchering so anschaue, dann wütet über meinem Heimatdorf, genauer gesagt über meinem Elternhaus, gerade ein Stimmungstornado. Wobei – mittlerweile hat sich der Sturm etwas gelegt und ist »nur« noch ein Stimmungstief. Warum? Leopold und Sophia waren in der Adventszeit zu Besuch in Untersöchering und haben meiner Familie verkündet, welche Verwandlung mit ihnen vorgegangen ist. ☺ Diese Nachricht müssen erst einmal die übrigen Familienmitglieder verdauen, aber ich bin zuversichtlich, dass sich die Lage bald beruhigt.

Ich legte meinen Stift zur Seite und sah fragend zu Cleopha, die auf meiner Schulter saß.

»Hm ... Was gibt es sonst noch Neues aufzuschreiben?«

Grübelnd schwebte sie von ihrem erhöhten Posten hinunter auf meine Tagebuchseite.

»Die Sache mit Silas?«, schlug sie vor.

»Ja, genau«, stimmte ich zu und nahm meinen Stift wieder zur Hand.

Silas setzte seine heimlichen, teils provozierenden, doch oft auch witzigen Werbungen um mich fort. Bis zu dem Tag, als ich ihm Rubina vorstellte. Sie hatte ihn bei unseren Aufenthalten am Walchensee schon sehen können, aber er hatte sie umgekehrt noch nie leibhaftig betrachtet. Ein Liebespaar sind die beiden noch nicht, aber Rubina kommt in letzter Zeit recht häufig in den Wald und wird oft in der Nähe von Silas' Burg gesichtet ...

»Ich würde mir wirklich wünschen, dass Silas und Rubina ihr Glück finden. Sie haben es beide verdient«, sagte ich und Cleopha stimmte mir zu.
»Das tue ich auch. So, und jetzt finde noch ein paar philosophische Schlussworte.«
»Warum hast du es denn so eilig?«, fragte ich amüsiert.
»Wir wollen doch noch den Christbaum schmücken«, erwiderte sie und stemmte ihre winzigen Hände in die Hüften.
»Ach, daher weht der Wind«, meinte ich schmunzelnd und beeilte mich, den Eintrag zu Ende zu schreiben.

Das Leben ist nicht planbar. Um etwas Neues zu beginnen, muss man manchmal etwas Altes loslassen. Bei mir fing alles damit an, dass ich mein gemütliches Nest in meiner bayerischen Heimat für ein Praktikum in Italien verlassen habe. Dieser Schritt hat mein ganzes Leben verändert. Sei auch du mutig! Wenn du etwas willst, kämpfe dafür und riskiere etwas. Es ist vielleicht die beste Entscheidung, die du je getroffen hast. Und wenn du dein Ziel diesmal nicht erreichst, geht die Welt auch nicht unter, du hast es wenigstens versucht. Und bestimmt winkt dir beim nächsten Mal das Glück.

So, aber jetzt muss ich los, denn in meinem neuen Leben wartet eine kleine magische Feder, die es nicht mehr abwarten kann, mit mir gemeinsam den Christbaum zu schmücken. Dieses Weihnachtsfest wird bestimmt das schönste, das ich je erlebt habe. Mit meiner menschlichen und mit meiner übernatürlichen Familie.

*Weihnachtliche Grüße
Deine Helena*

34. Kapitel

Abspann

»Was um alles in der Welt macht dein Papa da?«, fragte Lorenzo und sah mich perplex an.

»Das frage ich mich auch gerade«, erwiderte ich und traute ebenfalls meinen Augen kaum. Lorenzo und ich schauten aus dem Fenster meines Zimmers im zweiten Stock im Haus meiner Eltern auf den Innenhof. Mitten im Hof stand mein Papa. Er hielt den Arm nach oben gestreckt und hatte eine Waffe in der Hand. Konzentriert kniff er die Augen zusammen, um sein Ziel zu fokussieren. Auf was wollte er schießen?

»Oje, die Tauben …«, rutschte es mir heraus und Lorenzo beugte sich etwas weiter aus dem Fenster.

»Das ist doch eine Luftpistole, die er in der Hand hält«, stellte er fest.

»Und was könnte er mit einer Luftpistole im schlimmsten Fall anrichten?«, wollte ich wissen.

»Wenn du auf die Tauben anspielst, kann eine Luftpistole so einen Vogel schon töten, wenn man ihn richtig trifft.«

Ich riss daraufhin beide Fensterflügel weit auf und brüllte in den Hof: »PAPA!« Etwa zeitgleich drückte er ab.

PENG!

Aufgescheucht flatterte ein Taubenschwarm aus der Dachnische unseres Hauses hervor. Ehe ich mich's versah, kam mein Opa mit einer Mistgabel aus dem gegenüberliegenden Stall angelaufen.

»Georg, sag mal, bist du jetzt endgültig übergeschnappt!«, schnauzte er seinen Sohn an.

»Diese Drecksviecher scheißen mir Haus und Hof voll.

Ich habe es dir schon tausend Mal gesagt, dass du etwas dagegen unternehmen sollst. Mir reicht es nun!«, schmetterte dieser in ebensolchem Ton zurück. Dabei fuchtelte er wild mit der Pistole herum.

»Wie hätte ich denn deiner Meinung etwas dagegen unternehmen sollen? Tauben lassen sich eben nicht wie die Affen im Zirkus dressieren!«, konterte Opa.

»Ja, das ist doch ganz einfach ... Du musst einfach ... Also ...«, begann mein Papa.»... was weiß ich! Das ist auch dein Problem, wie du das anstellst, und nicht meins!«

In diesem Augenblick trat meine Mama aus der Haustür und durchschaute sofort die Lage, als sie die Pistole sah. Sie schlug die Hände über dem Kopf zusammen und verdrehte die Augen.

»Ja hört denn dieser Streit nie auf?«

»Nein!«, erwiderten die Streithähne wie aus einem Munde. Ich machte mich am Fenster bemerkbar.

»Vielleicht können wir die Tauben mit Futter in den Taubenschlag von Opa locken? Wenn sie einmal dort drüben sind, bleiben sie bestimmt dort.«

Die drei Köpfe schnellten nach oben.

»Helena! Wie oft soll ich dir noch sagen, dass du dich ankündigen sollst? Du erschreckst uns irgendwann noch zu Tode!«, zischte mir meine Mama zu.

Dieses Mal war ich es, die die Augen verdrehte.

»Mein Gott. Langsam könnten sie sich auch daran gewöhnen. Ist ja nicht erst seit gestern, dass ich ab und an urplötzlich aus dem Nichts auftauche«, raunte ich Lorenzo unwirsch zu. Dieser sah mich schmunzelnd an. Dieser Augenblick war so herrlich *normal*. Alles war in gewisser Weise wieder beim Alten.

»Hallo, Helena!« Eine vertraute Stimme drang zu uns empor. Ich blickte nach unten und sah, wie Irmgard mit dem

Fahrrad in die Hofeinfahrt fuhr. Ich winkte ihr freudig zu und eilte nach unten. Wir umarmten uns zur Begrüßung. Dass ich den Menschen die Wahrheit über meine wahre Natur sagen musste, war das Beste, was mir passieren konnte. Ich konnte nun wieder ungezwungen und ganz offen unter ihnen sein, am Familienleben teilnehmen und meine Freundschaften pflegen. Ich war wirklich dankbar, dass meine Geschichte diese Wendung genommen hatte und dass unser Verhältnis nun wieder so innig war wie *früher*.

»Valentina kommt heute von ihrem Auslandsaufenthalt zurück. Ich wollte dich fragen, ob du sie mit mir zusammen vom Münchner Flughafen abholen willst.«

»Mit dem Besen?«, fragte ich und sie strahlte.

»Oh ja!«

Mittlerweile haben sich die Menschen in Untersöchering und Umgebung daran gewöhnt, dass ab und zu eine Hexe über ihre Dächer fliegt. Nach anfänglichen Ängsten haben gerade die Einheimischen festgestellt, dass ich mich im Grunde meines Wesens nicht geändert habe, sondern immer noch die bin, die ich einst war und die sie gern mochten: Helena von Bayersberg.

ENDE

Liebe Leserin, lieber Leser,
hier folgt nun die angekündigte bayerische Kurzgeschichte. (ACHTUNG: Sie enthält Wörter in bayerischer Mundart!)

Out of Bavaria
Anekdoten von Helenas wahrscheinlich
letztem Familienurlaub

1. Die Anfahrt:

Liebes Urlaubstagebuch,
bereits die vielstündige Autofahrt zu unserem italienischen Feriendomizil hatte mit Erholung und Entspannung rein gar nichts zu tun. Schon als wir mit einer halsbrecherischen Geschwindigkeit von 25 Stundenkilometern am Ortsausgangsschild unseres oberbayerischen Heimatdorfs Untersöchering vorbeipreschten, fragte mein kleiner Bruder Felix zum ersten Mal:
»Wann samma denn endlich da?«
Die Mama antwortete ihm daraufhin:
»Mei, a bissal dauert's schon noch.«
Diese Aussage irritierte mich, denn wir waren zu diesem Zeitpunkt noch keine fünf Minuten unterwegs und es lagen noch mindestens acht Stunden Fahrt vor uns. Scheinbar empfand auch Felix das »a bissal« als die Untertreibung des Tages, denn er rief recht »grantig«, dass er jetzt aber nicht mehr sitzen mochte. Im Anschluss brüllte er sein Leid in sämtlichen Oktaven heraus (gefühlt bis zum Brenner), in Dissonanzen, die man sich gar nicht vorstellen konnte. Als er endlich mit dem Kreischen aufhörte, teilte er uns mit, dass er auf der Stelle »zum Bieseln muas«. »Mei, des gibt's doch ned!«, schimpfte der Papa. Etwas »zwida« fügte die Mama hinzu: »Red ich eigentlich Chinesisch? Ich hob eich dahom extra gsogt, dass ihr alle noch mal aufs Klo geh soits!« Es half alles nix – wir mussten anhalten. So kam es, dass wir unseren ersten Stopp bereits bei dem Opa und der Oma in Garmisch einlegten. Als wir weiter Richtung Süden fuhren, ließ auch der erste Familienstreit nicht lange auf sich warten. Der Grund war der unterschiedliche

Musikgeschmack. Die Mama wollte Helene Fischer hören, was der Papa aber »ganz gwies ned« wollte. Er selbst hatte geplant, den neuen Tonträger unserer örtlichen Blaskapelle abzuspielen, die den »Böhmischen Traum« neu aufgezeichnet hatte. Felix favorisierte die neuesten Kinderhits, und die Kathi (unsere kleine Streberin) bot ihre Wissens-CD vom alten Rom zum Anhören an. Angesichts des Durcheinanders fragte ich schließlich, »obs eigentlich no geht«, denn ich bevorzugte ausschließlich die aktuellen Hits aus den Charts. Zu keinem Kompromiss bereit und stur, blieb jeder von uns bei seinem Vorschlag. Unterbrochen wurde die lautstarke Diskussion, als wir an einer Mautstelle anhielten. Der Papa kurbelte das Fenster herunter und begrüßte den Angestellten freundlich mit einem: »Servus! Wos kriagst denn?«

Dieser nannte ihm einen Preis, woraufhin ihm der Papa entsetzt entgegenplärrte: »Wos? Wia vui? I woit d' italienische Autobahn fei ned kaffn, Freindal!« Daraufhin fing er sich einen Seitenhieb von der Mama ein. Sie zischte ihm zu: »Georg, spinnst jetzt ganz? Der Mo konn doch do nix dafia! Gib eam des Goid und fahr weida!« Und weil ihm nichts anderes übrig blieb, tat er, wie ihm geheißen.

Gegen Mittag hielten wir an einer Raststätte, um dort etwas zu essen. Um es kurz zu machen: Bei dem Zwischenstopp schoss meine Familie endgültig den Bock ab! Bevor wir uns wieder auf den Weg machten, eilte ich noch in den kleinen Shop, um mir Schokolade, als Nervennahrung, zu besorgen. Als ich zum Parkplatz zurückkehrte, traute ich meinen Augen kaum. Von unserem Auto waren nur noch die Rücklichter zu sehen. Jedes »Hoit!« oder »Stopp!« war vergebens. Ich rannte dem Auto noch ein paar Meter nach, aber recht schnell erreichte es die Autobahnauffahrt und ich versank in einer Staubwolke. In diesem Moment dachte ich mir: »Ja zefix, san de bläd!« Und ich fragte mich, welch Übermut mich dazu verleitet hatte, mich heute Morgen auf die Rückbank dieses Auto zu setzen. Doch dies war erst der Anfang und noch nichts im Vergleich zu dem, was uns in Italien erwartete ...

Bis bald!
Deine Helena

2. Die erste Nacht in Italien – auf dem Parkplatz:

Liebes Urlaubstagebuch,
nach stundenlanger anstrengender Autofahrt mit meiner Familie freute ich mich auf mein Bett in dem Hotel, das wir bald erreichen sollten. Endlich entspannen … Das sollte jedoch noch länger dauern als erwartet …

Ich war in ein Buch vertieft, als mich die Stimme des Navis aus meinen Gedanken riss. »Sie haben Ihr Ziel erreicht!« Ein Blick aus dem Fenster genügte, um bei uns allen große Verwirrung auszulösen. Wir hielten nämlich mitten im Nirgendwo, inmitten von sich endlos ausbreitenden ausgedorrten Wiesen – auf einer verlassenen Straße im tiefsten Italien.

»So hat des im Internet aber ned ausgschaugt!«, stellte ich entsetzt fest.

Nach ewigem Hin und Her fanden wir schließlich heraus, dass meine liebe Frau Mama in das Navi die falsche Postleitzahl eingetippt hatte! Ein Zahlendreher, der verursacht hatte, dass wir uns nun meilenweit von unserem Domizil entfernt befanden.

»Glaubst, des wäre uns früher ned passiert!«, schimpfte mein Papa. »Da hom mia ned so ein neumodisches Zeig ghabt, sondern einfach die guade oide Landkartn. Do san mia immer richtig gwesn!«

»Mensch, Georg, des huift uns jetzt ja a nix«, meinte die Mama. Sie bestand auch darauf, dass wir erst am nächsten Morgen weiterfahren sollten, weil nun wirklich bei jedem von uns die Nerven blank lagen.

So kam es, dass wir unsere erste Nacht in Italien auf einem abgelegenen Parkplatz verbrachten. Dass ich keinen Luftsprung machte, als ich eingequetscht auf dem Rücksitz mit meinen Geschwistern Felix und Kathi schlafen musste, brauche ich wohl an dieser Stelle nicht zu erwähnen …

Tatsächlich fand ich – gegen alle meine Erwartungen – ein bisschen Schlaf. Dieser war nur leider nicht von langer Dauer. Ein unregelmäßiges *Klack-Klack* (dessen Ursprung ich nicht identifizieren konnte), mit stets nachfolgendem dumpfem Knall, weckte mich. Es dauerte einen Moment, bis ich kapierte, was los war und woher die Geräusche kamen: Kathi und Felix spielten Kniffel!

»Hobts ihr eigentlich no olle am Sender? Es ist mitten in der Nocht. Räumts sofort des depperte Spiel weg und machts die Daschenlampm wieder aus!«, ordnete ich an und döste wieder ein.

Keine fünf Minuten später spürte ich etwas auf meinem Gesicht krabbeln. Zunächst dachte ich, dass ich träumte, aber plötzlich fühlte sich das Gekrabbel sehr real an. Ich schlug meine Augen auf und sah direkt in die riesigen schwarzen Glubscher unseres Hamsters! Hysterisch fuhr ich auf und kreischte los.

»Wos plärrst denn so? Des is doch bloß da Xaver«, sagte die Kathi ganz ruhig.

»Konnst du mir moi song, wo der herkimmt?«, fragte ich sie und mein Herz schlug mir, vor Schreck, immer noch bis zum Hals.

Bevor sie mir antwortete, fing sie erst mal den Xaver wieder ein. Danach erklärte sie mir, dass sie ihn nicht unserem Nachbarn, dem Alois, anvertrauen wollte. Oje, dachte ich mir. Unsere Eltern schlafen noch wie die Steine und haben nicht die leiseste Ahnung, dass wir einen blinden Passagier dabeihaben. Das kann ja noch was werden …

Deine Helena

3. Im Restaurant:

Liebes Urlaubstagebuch,
kaum zu glauben, aber tatsächlich kamen wir im Hotel an. Angesichts der Vorgeschichte ist auch erwähnenswert, dass es sich um das richtige handelte. Als wir am frühen Abend eincheckten, hatten wir alle einen »sauban« Hunger. Wären wir bei uns »dahoam gwesn«, hätte der Papa bestimmt unsere halbe Dorfmetzgerei aufgekauft! Unser erster Weg führte also zum Speisesaal. Dort standen wir erst einmal vor verschlossener Tür. Es schlug achtzehn Uhr, jedoch öffnete das Restaurant saublöderweise erst um neunzehn Uhr. Die Stunde zog sich endlos hin. Und mit jeder schleppend vergehenden Minute und mit zunehmendem Hunger verschwand recht zügig, vor allem beim Papa, die »bayerische Gmiadlichkeit«. »Des hobts jetz davo, weilts olle noch Italien woits. Wär ma zum Wandern in d' Berg noch Österreich gfahrn, wia i eich des vorgschlong hob – dann miast ma jetzt ned wartn! Do drom beim Hansi in da Hüttn komma essn, wann ma mog. Und do griagst immer wos Gscheids!«

Ich verdrehte die Augen. Dem Himmel sei Dank gingen in diesem Moment endlich die Lichter vom Speisesaal an. Wir waren die Ersten, die an den Kellnern mit einem »Hobadere«, »Servus« und »Griasdeich« vorbeistürmten. Als wir am Tisch mit der »Numero uno« saßen, winkte der Papa den Ober her. »Hä Spädsé, machst ma a Hoibe!« Hilfesuchend schaute der Kellner zur Mama. Kopfschüttelnd sah die Mama den Papa an: »Georg, du bist vielleicht ein selten blödes Rindviech! Der Mo verstäd des doch ned!« Anschließend gab sie voller Stolz, in ihrem selbsterlernten

Italienisch, die Bestellung für die Getränke auf. Bis dato war ihr nur unklar, dass sie dieser Sprache nur mäßig mächtig war. Dies führte dazu, dass uns statt Bier Butter serviert wurde und anstelle eines Viertelliter Weins ganze vier Liter. Und die Getränke, die sie angeblich für uns Kinder verlangt hatte, waren erst gar nicht mit dabei. Der Ober sah uns schief an, sagte etwas in seiner Landessprache, was wir nicht verstanden, und die Mama lief rot an. Es war ihr offensichtlich unangenehm, dass wir Durst leiden mussten, und als sie in unsere irritierten Gesichter blickte, meinte sie »grantig«: »Is der dorrad? I hob eam gsogt, wos mia woin! Wos gibt's denn zum Essen?« Wir wurden informiert, dass das Abendmenü als Hauptgang ein Nudelgericht und als Dessert ein Tiramisu umfasste. Der Kommentar vom Papa dazu war, dass ihm »wos Gscheids« wie ein Schweinebraten lieber gewesen wäre. »Georg, du mit deim Saumong, des is doch wurscht, wos du isst. Dia würds a nix schodn, wennst amoi nix frisst«, kommentierte meine Mama. Bis das Essen serviert wurde, tranken meine Eltern den Wein und stritten über die Essgewohnheiten vom Papa. Als der Kellner mit dem voll beladenen Tablett kam, geschah es. Die Kathi sprang plötzlich – wie von der Tarantel gestochen – auf und brüllte: »Halt!!!« Der Kellner schrie auf und stolperte. Schnell erfuhr ich die Ursache. Dem Felix war sein Hamster Xaver entwischt und dem Kellner zwischen die Füße gelaufen. Ich wusste nicht, worüber ich mehr schockiert war: über unseren freilaufenden Hamster oder über meine Nudeln, die nun verteilt auf dem Boden lagen. Viel zum Nachdenken kam ich nicht, denn als der Felix nach seinem Haustier rief, entdeckten ihn auch meine Eltern. Der Papa nahm es (dank dem Wein) mit Humor, von der Mama jedoch bekamen meine Geschwister den (verbalen) Einlauf ihres Lebens! Ich selbst konnte den wildg ewordenen Xaver

nach einer Großfahndung wieder einfangen und zusehen, wie ich meine Eltern, die zwei Rauschkugeln, aus dem Speisesaal bekam. Hier waren wir nämlich definitiv nicht mehr erwünscht. Hunger habe ich immer noch! Bis bald.
 Deine Helena

4. Am Meer:

Liebes Urlaubstagebuch,
nach dem Desaster im Speisesaal wollte ich mir einen entspannten Tag am Meer gönnen, um einfach mal die Seele baumeln zu lassen. Ich wollte ...

Ich machte es mir also auf meiner Liege am Strand bequem und döste vor mich hin. Bis ein italienischer Strandverkäufer, direkt neben meinem Ohr, in ein Megafon brüllte: »Cocco, bello Cocco!«

Augenblicklich stand ich (mit einem kaputten Trommelfell) senkrecht auf meiner Liege. Den Verkäufer beirrte das jedoch nicht und er fragte mich stattdessen, ob ich eine (meiner Ansicht nach übertreuerte) Kokosnuss kaufen wollte. Daraufhin antwortete ich ihm wutentbrannt und noch immer mit schmerzenden Ohren: »Na, i wui koa so a depperte Kokosnuss! I wui einfach mei Rua hom!«

Obwohl er mich nicht verstand, merkte er wohl an meinem »grantigen« Gesichtsausdruck und ebensolchem Tonfall, dass er mich von seiner Ware nicht überzeugen konnte, und er wandte sich von mir ab. Er versuchte es dann auch gleich bei meinem Papa, aber der meinte nur trocken: »Dei Zeig konnst soiba fressn!«

Danach wollte der Verkäufer die Kathi und die Mama zu einem Kauf überreden. Währenddessen wurde Felix von seiner kindlichen Neugier überrollt. Er schnappte sich eine kleine Ecke von dem weißen Fruchtfleisch und biss hinein. Doch so schnell der Happen den Weg in seinen Mund gefunden hatte, fand er ihn auch wieder heraus. Felix verzog angewidert sein kleines Gesicht und kommentierte die Kostprobe mit einem: »Pfuideife, is des greislich!«

Schließlich winkte der Verkäufer ab, schleuderte uns noch böse Worte in der Landessprache ins Gesicht und ging zum nächsten Touristen. Jedoch blieb er nicht der letzte Strandverkäufer in den nächsten Stunden. Kaum hatte ich es hin und wieder geschafft, ein bisschen zu entspannen (was im Beisein meiner Familie an ein Wunder grenzte), kam wieder einer vorbei und wollte mir sein Glump andrehen. Von Uhren über Handtücher bis zu Massagen war alles dabei.

Irgendwann gab ich es auf, am Strand schlafen zu wollen, und schlug mein Buch auf. Gerade als ich den ersten Satz las, flog auch schon ein Sandhaufen auf mich. Meine Laune erreichte nun ihren Tiefpunkt. Genervt und mit einem Blutdruck von 187 sah ich mich um. Der Übeltäter war schnell gefunden: Felix hob mit einer überdimensionalen Schaufel einen Burggraben aus, dass der Sand nur so durch die Luft schoss.

»Felix, du Bazi!«, schrie ich ihn an. »Bist du narrisch?! Du muast scho aufbassn, wost den Sand hischmeißt!«

Es half alles nix und war nicht zu beschönigen, auf meiner Liege fand ich keine Ruhe. Ich setzte also meine letzte Hoffnung auf ein paar ungestörte Momente im Meer. Ich ging zum Wasser und war kurz irritiert, dass sonst kein Mensch dort war. (Die roten Fahnen hatte ich übersehen.) Ich hörte noch, wie Kathi mich warnte: »I däd aufbassn, do gibt's Quallen.« »A so ein Schmarrn«, widersprach ich, zeigte ihr den Vogel und sprang in die Fluten. Kaum war ich unter die Wasseroberfläche getaucht, brannte meine Haut, als hätte sie Feuer gefangen. Panisch sah ich mich um und stellte mit Schrecken fest, dass ich mitten in einem Quallenschwarm gefangen war ...

Bis bald (wenn ich es überlebe)!
Deine Helena

5. Die Abreise:

Liebes Urlaubstagebuch,
ich überlebe den täglichen Wahnsinn mit meiner Familie, da konnte mir auch so ein depperter Quallenschwarm nichts anhaben (in den ich dummerweise geraten bin). Na gut, fast nichts. Zugegebenermaßen gelang es mir nicht, mich selbst aus dem Geglibber zu retten. So ein italienischer Pfundskerl (der Bademeister) musste mich aus den Fängen der »graislichn« Giftschwimmer befreien. Nach diesem recht schmerzhaften Erlebnis weigerte ich mich bis heute – an unserem letzten Tag – im Meer zu baden. Ich war nämlich nicht bereit, noch ein weiteres Mal meinen neuen Feinden die Stirn zu bieten. Bevor wir jedoch wieder in unser schönes Bayern zurückkehrten, beschlossen wir, uns noch »a bissal« die Gegend anzusehen, in der wir uns aufhielten. Ich korrigiere. Nicht WIR beschlossen das, sondern die Mama. Sie ist der Meinung, dass »des zu am gscheiden Urlaub« dazugehört. Als halb Italien noch im Tiefschlaf war, versammelten wir uns deshalb eines Morgens im Foyer des Hotels, um das Ausflugsziel festzulegen. Zunächst äußerte jedes Familienmitglied seinen Wunsch. Der Papa wollte durch die Landschaft wandern. (Kommentar von mir: »Ge na, Baba! Dahoam renna mia jeds Wochenend aufm Berg, do laf i jetzt ned a no do in da Woitgschicht omanand.«) Die Mama wollte mit einem Tretboot auf dem Meer umherschippern. (Kommentar vom Papa: »Ja bist du narrisch? Bei dera Hitz ruada i mia do koan Wolf ob – garantiert ned!«) Die Kathi bestand auf einen Besuch im örtlichen Museum. (Kommentar vom Felix: »Des mog i ned, des is doch fad.«) Er selbst war ganz »wuid« auf das nahe

gelegene Delfinarium. (Kommentar von Kathi: »Do streik i! De Gefangenschaft vo Viecher – egal welche – toleriere i ned!«) Und ich wäre gerne ins Hafenviertel gefahren, um dort in den Läden zu shoppen. (Kommentar von der Mama: »Ge, Helena, du host doch ois – du brauchst nix mehr.«) Die Vielfalt der Vorschläge bot reichlich Stoff für eine Diskussion à la Familie Bayersberg. Mit der letztendlich gewonnenen Einsicht, dass eine Einigung unmöglich war, traten wir ohne weiteres Programm die Heimreise an. Diese war ebenso von Turbulenzen geprägt wie die Anfahrt. Anfangs schimpfte der Papa (gefühlt bis Südtirol) über das Gewicht unserer Koffer, weil er vom Tragen Kreuzschmerzen hatte, die er »ganz gwies no« die nächste Woche spüren würde. Dazwischen hatte ich einen Mordsbrand. Der Felix bot mir, ohne zu zögern, seine Trinkflasche an. Ich wunderte mich kurz über seine Hilfsbereitschaft, nahm seine Gabe aber dankbar an. Ich ließ das kühle Getränk in meinen Mund fließen – bis ich plötzlich etwas Glitschiges auf meiner Zunge spürte. Angewidert verzog ich das Gesicht, spuckte es in meine Hand und kreischte los. Es war ein kleiner Fisch, den Felix gestern gefangen hatte! Pfuideife!! Nur so viel: Der »kloane Lausbua« hat den Einlauf seines Lebens bekommen! Anschließend meinte die Kathi, dass ihr schlecht sei, und wir mussten dauernd anhalten. Die Krönung kam jedoch noch, als die Mama »dahoam« bemerkte, dass sie die Haustürschlüssel im Hotel hatte liegen lassen. Ich schlug die Hände über dem Kopf zusammen und gab es auf. »Ja zefix, des deaf doch jetzt ned wohr sei!«
  Deine Helena

PS: Seine Familie kann man sich nicht aussuchen, aber mit wem man seine Ferien verbringt, schon. In diesem Sinne – bis zum nächsten Sommer!

Danksagung

Es ist wirklich unglaublich, was ich seit der Veröffentlichung meiner Bücher erlebt habe – deshalb wird es Zeit, sich zu bedanken!

VERLAG TWENTYSIX
Kurz nach Erscheinen meines ersten Buchs »Die magische Feder – Band 1« bekam ich von euch eine Nachricht: Mein Buch wird ausgestellt auf der Leipziger Buchmesse 2018 und ich wurde zum Autoren-Coaching eingeladen. Einen besseren Start in das Autorenleben hätte ich mir gar nicht wünschen können! Danke für diese und die vielen weiteren Chancen, die ich durch euch hatte und habe. Besonders bedanken möchte ich mich bei Hannah Staudt. Danke für die überaus freundliche Betreuung und die kompetente Beratung rund um die Herausgabe meiner Bücher. Ich habe mich von Anfang an gut aufgehoben gefühlt. ☺ Danke auch an alle, die einen Teil dazu beigetragen haben, dass meine Word-Dokumente in Bücher verzaubert wurden. Ganz besonders möchte ich mich an dieser Stelle noch bei meiner wunderbaren Lektorin Cordula Scheil bedanken. Es ist jedes Mal ein absolutes Highlight, das lektorierte Manuskript zu lesen. Danke auch an das Team vom Coverdesign. Dieser Moment, wenn die Bücher ein *Gesicht* bekommen, ist wirklich unbeschreiblich.

VERTRETER DER PRESSE
Ein großes Dankeschön geht auch an die regionale Presse! Vielen Dank, dass ihr mich als neue Autorin in der großen

Bücherwelt so unterstützt und durch eure Berichte hervorgehoben habt. An dieser Stelle möchte ich insbesondere nennen:

Die liebe Bea Berger vom Vis à Vis Magazin: Danke für deinen Besuch bei uns auf dem Hof und die lustige Fotosession mit unserem Kater Seppi und den Kühen. Den dazugehörigen Bericht hast du wirklich toll verfasst! Danke für deine Zeit und deine Worte! Ich hoffe, wir bleiben auch weiterhin in Kontakt. ☺

Des Weiteren möchte ich mich recht herzlich bedanken bei Marion Neumann vom »Weilheimer Tagblatt«, Maria Lindner vom »Kreisbote« (Weilheim-Schongau), Antonia Reindl und André Liebe vom »Gelbes Blatt Penzberg«. Vielen Dank für die netten persönlichen oder telefonischen Interviews und eure tollen Berichte. Ich habe mich wirklich über jeden Beitrag wahnsinnig gefreut! Meine Eltern haben die Artikel einlaminiert (teils mehrfach denselben ☺) und wir heben sie gut auf …

BUCHBLOGGER

Liebe Buchblogger, danke für eure Unterstützung in jeglicher Form (Facebook-Live-Lesungen, Rezensionen, Gewinnspiele, großartige Buchfotos …). Ihr lasst euch immer so schöne Sachen einfallen. Danke, dass ihr eure Zeit in meine Bücher investiert und Werbung für mich macht. Ein besonderer Dank gilt Jasmin von jasbuecherliebe.

BUCHHANDLUNGEN/BÜCHEREIEN

Ganz herzlich möchte ich mich bei allen Buchhandlungen und Büchereien bedanken. DANKE, dass ihr »Die magische Feder« in euer Sortiment aufgenommen habt.

ORGANISATION VON LESUNGEN
In den letzten eineinhalb Jahren habe ich auch einige Lesungen gehalten. Vor Hortgruppen, Grund-, Real- und Berufsschülern oder öffentlich für alle Altersgruppen. Danke an alle Organisatoren. Ihr habt euch stets so viel Mühe gegeben, um einen besonderen Rahmen für die Veranstaltung zu schaffen. Vielen Dank!

FAMILIE/FREUNDE
Liebe Familie, liebe Freunde,
vielen, vielen Dank für eure unglaubliche Unterstützung! Danke, dass ihr meine Bücher gelesen habt und so fleißig für mich Werbung macht in mannigfaltiger Form. Ob durch Mundpropaganda, Weiterverbreiten in den sozialen Medien, Begleiten auf Buchmessen, Organisieren von Lesungen oder Mitreisen als persönlicher Fanclub zu meinen Buchvorstellungen. DANKE!

Ausdrücklich bedanken möchte ich mich bei meiner Mama – du hast sooooo vielen Leuten erzählt, dass ich Bücher geschrieben habe, so oft habe ich es wahrscheinlich nicht mal selbst erwähnt. Dir verdanke ich bestimmt die Hälfte meiner Buchverkäufe. ☺

Ich könnte ein ganzes weiteres Kapitel hinzufügen, wenn ich jeden Einzelnen nennen würde, der mich auf meinem Weg als Autorin begleitet hat – fühlt euch bitte alle angesprochen: Ihr seid großartig, und ich bin glücklich, so eine Familie und solche Freunde wie euch zu haben.

FOTOS
Meine professionellen Autorenfotos hat Balika gemacht. Liebe Balika, danke für deine Zeit und die Fotos! ☺ Schaut unbedingt mal auf ihrer Website www.balika.de

vorbei – ihre vielfältigen Aufnahmen sind wirklich wunderschön.

LESER
Danke, danke, danke fürs Lesen! Ich freue mich wirklich wahnsinnig über jeden Einzelnen von euch, den meine Geschichten in den Bann ziehen! (Danke auch an die Kinder und Jugendlichen, die in den schulischen Lesewochen Referate über meine Bücher halten – ich fühle mich wirklich sehr geehrt!)

Last but not least:
MEINE AUTORENKOLLEGEN
Seit ich selbst einen Fuß in die Autorenwelt gesetzt habe, habe ich auch einige Autoren persönlich kennengelernt. Zwei davon möchte ich an dieser Stelle besonders hervorheben. Markus Kleinknecht und Laura Misellie. Die beiden nahmen auch an dem Autoren-Coaching von TWENTYSIX teil und wir sind seither in Kontakt geblieben. Es freut mich, euch beide kennengelernt zu haben! Ich möchte mich auch bei euch für eure Unterstützung von ganzem Herzen bedanken. Ich freue mich auf alle Bücher, die eurer Feder noch entspringen werden. Ein Platz in meinem Bücherregal ist ihnen sicher. Ich hoffe, wir verlieren uns nicht aus den Augen, und ich würde mich freuen, euch demnächst wieder auf einer Buchmesse persönlich zu treffen.
  Bis bald, eure Anna

Auf den nächsten Seiten könnt ihr Laura und ihre tollen Bücher näher kennenlernen:

Laura Misellie wurde 1990 im Ruhrgebiet geboren. Dort lebt sie allein mit Hündin Ellie und Kater Aramis in ländlicher Gegend. Geschrieben hat sie bereits als Jugendliche.

Im April 2017 entschloss sie sich dazu, unter ihrem Pseudonym ihren Debütroman »Douphne Parker – Neue Freunde & Wie dadurch alles begann«, den ersten Band einer dreiteiligen Jugendbuchreihe, zu veröffentlichen. Es folgten weitere Veröffentlichungen in den Genres Romance und Fantasy im Bereich Young & New adult.

Sie hat die Schreiberei vom Hobby zu ihrem Nebenjob gemacht, weil sie einen großen Teil ihres Lebens ausmacht. Seit ihrem Start als Autorin hat sich einiges getan. Im März 2019 ist ihr sechster Roman erschienen. Der Düsseldorfer Express hat einen Artikel über sie verfasst. 2018 erhielt sie ein Verlagsangebot für ihre Jugendbuchreihe, 2019 eines für die Veröffentlichung ihrer Fantasyromane ab 2020. Sie hat bereits einige Messen besucht (LBM) und bei mehreren Buchevents als Autorin ausgestellt (Buchpassion 18, Fabula est 18/19, Wülfrather Lesemarathon). Außerdem ist sie mit ihren Büchern bei Meets & Greets präsent gewesen (z. B. LBM über Snipsl). Auch bei der 2019er Buchpassion wird sie wieder als Ausstellerin dabei sein.

Wenn sie nicht in ihrem Vollzeitberuf arbeitet oder schreibt, geht sie ihren Hobbys nach. Sie liest, backt, unternimmt gern kleine und große Reisen. Außerdem sieht sie gern Serien und Filme.

Bisherige Veröffentlichungen der Autorin:

Laura Misellie: Douphne Parker – Neue Freunde & Wie dadurch alles begann

Laura Misellie: Douphne Parker – Freundschaft, Liebe & andere Katastrophen

Laura Misellie: Douphne Parker – Nicht gesucht & doch gefunden

Laura Misellie: Rashida – Für immer an deiner Seite

Laura Misellie unter dem Pseudonym Catherina E. Grimm: Thyra und die Hexenjäger

Laura Misellie: Chroniken der Weisen Band 1 – Hinter den Spiegeln

Seiten der Autorin:
www.lauramisellie.wordpress.com
www.facebook.com/lauramiselliebooks
www.instagram.com/lauramiselllieautorin

Chroniken der Weisen, Band 1 – Hinter den Spiegeln

Du liest gerne Young-Adult- und Coming-of-Age-Geschichten? Du magst magische Geschichten, ein höheres Ziel und warst schon immer interessiert an Mythen und Sagen?
Schau doch mal rein und begleite Jo im ersten Band der Reihe auf eine geheime Insel mitten im Ozean. Lerne sie und ihre eigentlich längst ausgestorbene Fähigkeit kennen. Reise mit ihr durch die Spiegel in längst vergangene Zeiten auf der Suche nach Relikten. Verfolge Geschichten, die sich um die Mythen und Sagen unserer Welt ranken. Lerne ihre Freunde kennen und halte dem unfreundlichen Elementar an ihrer Seite stand.

Erhältlich als E-Book bei Amazon (KU) und als Taschenbuch in allen gängigen Shops (auch im stationären Buchhandel bei der Mayerschen in und um Duisburg).

Everdeen River – Samira & Jackson

Du liest gerne New Adult? Du magst Geschichten, die im Outback spielen? Findest Gefallen an einer Liebesgeschichte mit vielen charismatischen Charakteren?
Schau doch mal rein und begleite Sam und Jackson nach Everdeen River, ein kleines verträumtes Städtchen mitten in der Provinz. Lerne tolle Menschen und ihre eigenen kleinen Geschichten kennen. Verfalle dem Charme eines Mannes und seiner Heimat, überdenke deinen bisherigen Lebensstil und wachse über dich hinaus!

Erhältlich ab dem 6. September 2019 als Taschenbuch und E-Book exklusiv bei Amazon (auch über KU).

So, nun komme ich aber wirklich zum Ende. Ich hoffe, dir hat meine Buchreihe »Die magische Feder« gefallen.

Ich freue mich immer über Rückmeldungen zu meinen Büchern. Kontaktiere mich gern und schreib mir, wie dir die drei Bände gefallen haben. Auch »öffentliche« Meinungsäußerungen (zum Beispiel in Form von Rezensionen in verschiedenen Medien) zu den Büchern sind unglaublich wichtig für mich. Wenn du Zeit und Lust hast, eine Bewertung zu verfassen, würde ich mich wahnsinnig darüber freuen! Für nähere Informationen über meine Bücher und mich kannst du mich gern auf meiner Facebook- oder Instagramseite besuchen.

Facebook: Anna Matheis

Instagram: anna.matheis

»Die magische Feder« (Band 1 & 2)

 ANNA MATHEIS ist 1993 geboren. Sie lebt mit ihren drei jüngeren Brüdern, Eltern, Partner, Kater und Kühen in einem Dorf südlich von München. 2014 hat sie eine Ausbildung zur Erzieherin an einer Fachakademie für Sozialpädagogik erfolgreich abgeschlossen. Neben der Schule und später dem Beruf hat sie schon immer gern geschrieben. Begonnen hat sie mit ausführlichen Tagebuchberichten und schließlich die erste eigene Geschichte erfunden, als ihr Lesestoff im Italienurlaub mit den Großeltern aufgebraucht war. Ihr Debütroman »Die magische Feder« ist 2018 erschienen.